Harry Potter and
the Deathly Hallows

ハリー・ポッターと
死の秘宝

J.K.ローリング

松岡佑子＝訳

静山社

The
dedication
of this book
is split
seven ways:
to Neil,
to Jessica,
to David,
to Kenzie,
to Di,
to Anne,
and to you,
if you have
stuck
with Harry
until the
very
end.

この
物語を
七つに
分けて
捧げます。
ニールに
ジェシカに
デイビッドに
ケンジーに
ダイに
アンに
そしてあなたに。
もしあなたが
最後まで
ハリーに
ついてきて
くださったの
ならば。

おお、この家を苦しめる業の深さ、
　　　そして、調子はずれに、破滅がふりおろす
　　　　血ぬれた刃、
　おお、呻きをあげても、堪えきれない心の煩い、
おお、とどめようもなく続く責苦。

この家の、この傷を切り開き、膿をだす
　　　治療の手だては、家のそとにはみつからず、
　　　　　ただ、一族のものたち自身が、血を血で洗う
　　狂乱の争いの果てに見出すよりほかはない。
この歌は、地の底の神々のみが、嘉したまう。

いざ、地下にましまず祝福された霊たちよ、
　　ただいまの祈願を聞こし召されて、助けの力を遣わしたまえ、
お子たちの勝利のために。お志を嘉したまいて。

アイスキュロス「供養するものたち」より
（久保正彰訳『ギリシア悲劇全集I』岩波書店）

死とはこの世を渡り逝くことに過ぎない。友が海を渡り行くように。
友はなお、お互いの中に生きている。
なぜなら友は常に、偏在する者の中に生き、愛しているからだ。
この聖なる鏡の中に、友はお互いの顔を見る。
そして、自由かつ純粋に言葉を交わす。
これこそが友であることの安らぎだ。たとえ友は死んだと言われようとも、
友情と交わりは不滅であるがゆえに、最高の意味で常に存在している。

ウィリアム・ペン「孤独の果実」より
（松岡佑子訳）

Original Title: HARRY POTTER AND THE DEATHLY HALLOWS

First published in Great Britain in 2007
by Bloomsbury Publishing Plc, 50 Bedford Square, London WC1B 3DP

Japanese edition first published in 2008

This book is published in Japan by arrangement with
the author through The Blair Partnership

ハリー・ポッターと死の秘宝　7-1

ハリー・ポッターと死の秘宝　7-2

ハリー・ポッターと死の秘宝　7-3

第29章　失われた髪飾り

「ネビル――いったい――どうして――？」

ロンとハーマイオニーを見つけたネビルは、歓声を上げて二人を抱きしめている。見れば見るほど、ネビルはひどい姿だ。片方の目は腫れ上がり、黄色や紫の痣ができている上に、顔には深く抉られたような痕まである。全体にボロボロで、長い間、厳しい生活をしていた様子が見て取れる。それでも、ハーマイオニーから離れたネビルは、傷だらけの顔を幸せそうに輝かせていた。

「君たちがくることを信じてた！　時間の問題だって、シェーマスにそう言い続けてきたんだ！」

「ネビル、いったいどうしたんだ？」

「え？　これ？」

ネビルは首を振って、傷のことなど一蹴する。

「こんなのなんでもないよ。シェーマスのほうがひどい。いまにわかるけど。それじゃ、行こうか？　あ、そうだ」

ネビルはアバーフォースを見る。

「アブ、あと二人くるかもしれないよ」

「あと二人？」

アバーフォースは険悪な声で繰り返す。

「なにを言ってるんだ、ロングボトム、あと二人だって？　夜間外出禁止令が出ているんだぞ。村中に『夜鳴き呪文』がかけられてるんだ！」

「わかってるよ。だからその二人は、このパブに直接『姿現わし』するんだ」ネビルが言う。「ここにきたら、この通路から向こう側によこしてよ。ありがとう」

ネビルは手を差し出して、ハーマイオニーがマントルピースによじ登り、トンネルに入るのを助ける。ロンがそのあとに続き、それからネビルが入った。ハリーはアバーフォースに挨拶する。

「なんとお礼を言ったらいいのか。あなたは僕たちの命を二度も助けてくださいました」

「じゃ、その命を大切にするんだな」

アバーフォースがぶっきらぼうに言う。

「三度は助けられないかもしれんからな」

ハリーはマントルピースによじ登り、アリアナの肖像画の後ろの穴に入った。絵の裏側には、滑らかな石の階段があり、もう何年も前からトンネルがそこにあるように見える。真鍮(しんちゅう)のランプが壁に掛かり、地面は踏み固められて平らになっている。歩く四人の影が、壁に扇のように折れて映っている。

「この通路、どのくらい前からあるんだい？」

歩き出すとすぐに、ロンが聞く。

「『忍びの地図』にはないぞ。な、ハリー、そうだろ？　学校に出入りする通路は、七本しかないはずだよな？」

「あいつら、今学期の最初に、その通路を全部封鎖したよ」ネビルが受ける。「もう、どの道も絶対通れない。入口には呪いがかけられて、出口には死喰い人と吸魂鬼が待ち伏せしてるもの」

ネビルはにこにこ顔で後ろ向きに歩きながら、三人の姿をじっくり見ようとしている。

「そんなことはどうでもいいよ……ね、ほんと？　グリンゴッツ破りをしたって？　ドラゴンに乗って脱出したって？　知れ渡ってるよ。みんな、その話で持ち切りだよ。テリー・ブートなんか、夕食のときに大広間でそのことを大声で言ったもんだから、カローにぶちのめされてさ！」

「うん、ほんとだよ」ハリーが答えた。

ネビルは大喜びで笑う。

「ドラゴンは、どうなったの？」

「自然に帰した」ロンが言う。「ハーマイオニーなんか、ペットとして飼いたがってたけどさ――」

「大げさに言わないでよ、ロン――」

「でも、これまでなにしていたの？　みんなは、君が逃げ回ってるって言ってるけど、ハリー、僕はそうは思わない。なにか目的があってのことだと思う」

「そのとおりだよ」ハリーが言う。「だけど、ホグワーツのことを話してくれよ、ネビル、僕たちなんにも聞いてないんだ」

「学校は……そうだな、もう以前のホグワーツじゃない」ネビルが吐（は）き出す。

話しながら笑顔が消えていく。

「カロー兄妹（きょうだい）のことは知ってる？」

「ここで教えている、死喰い人の兄妹のこと？」

「教えるだけじゃない」ネビルが言い足す。「規律係なんだ。体罰が好きなんだよ、あのカロー兄妹は」

「アンブリッジみたいに？」

「ううん、二人にかかっちゃ、アンブリッジなんてかわいいもんさ。ほかの先生も、生徒がなんか悪さをすると、全部カロー兄妹に引き渡すことになってるんだ。だけど、渡さない。できるだけ避けようとしてるんだよ。先生たちも僕らと同じくらい、カロー兄妹を嫌ってるのがわかるよ」

「アミカス、あの男、かつての『闇の魔術に対する防衛術』を教えてるんだけど、いまじゃ『闇の魔術』そのものだよ。僕たち、罰則を食らった生徒たちに『磔の呪文』をかけて練習することになってる」

「えぇっ？」

ハリー、ロン、ハーマイオニーの声が一緒になって、狭いトンネルの端から端まで響く。

「うん」ネビルが続ける。「それで僕はこうなったのさ」

ネビルは、頬のとくに深い切り傷を指さした。

「僕がそんなことはやらないって言ったからね。でも、はまってるやつもいる。クラッブとゴイルなんか、喜んでやってるよ。たぶん、あいつらが一番になったのは、これがはじめてじゃないかな」

「妹のアレクトのほうはマグル学を教えていて、これは必須科目。僕たち全員があいつの講義を聞かないといけないんだ。マグルは獣だ、まぬけで汚い、魔法使いにひどい仕打ちをして追い立て、隠れさせたとか、自然の秩序がいま再構築されつつある、なんてさ。この傷は——」

ネビルは、もう一つの顔の切り傷を指す。

「アレクトに質問したら、やられた。おまえにもアミカスにも、どのくらいマグルの血が流れてるかって、聞いてやったんだ」

「おっどろいたなぁ、ネビル」ロンが感心する。「気のきいた台詞は、時と場所を選んで言うもんだ」

「君は、あいつの言うことを聞いてないから」ネビルが言い募る。「君だってきっとがまんできなかったよ。それより、あいつらに抵抗してだれかが立ち上がるのは、いいことなんだ。それがみんなに希望を与える。僕はね、ハリー、君がそうするのを見て、それに気づいていたんだ」

「だけど、あいつらに包丁研ぎ代わりに使われっちまったな」

ちょうどランプのそばを通り、ネビルの傷痕がくっきりと浮き彫りになったのを見て、ロンは少したじろぎながら言った。

ネビルは肩をすくめる。

「かまわないさ。あいつらは純血の血はあまり流したくないらしくて、口がすぎればちょっと痛い目を見させるけど、僕たちを殺しはしない」

ネビルの話している内容のひどさと、それがごくあたりまえだというネビルの話の調子と、どちらがより嘆かわしいのか、ハリーにはわからなかった。

「本当に危ないのは、学校の外で友達とか家族が問題を起こしている生徒たちなんだ。そういう子たちは、人質に取られている。あのゼノ・ラブグッドは『ザ・クィブラー』でちょっとずばずば言いすぎたから、クリスマス休暇で帰る途中の汽車で、ルーナが引っ張っていかれた」

「ネビル、ルーナは大丈夫だ。僕たちルーナに会った――」

「うん、知ってる。ルーナがうまくメッセージを送ってくれたから」

ネビルは、ポケットから金貨を取り出す。それがダンブルドア軍団の連絡に使った偽（にせ）のガリオン金貨だと、ハリーにはすぐにわかる。

「これ、すごかったよ」

ネビルはハーマイオニーに、にっこりと笑顔を向ける。

「カロー兄妹（きょうだい）は、僕たちがどうやって連絡し合うのか全然見破れなくて、頭にきてたよ。僕たち、夜にこっそり抜け出して、『ダンブルドア軍団、まだ募集中』とか、いろいろ壁に落書きしていたんだ。スネイプは、それが気に入らなくてさ」

「していた？」ハリーは、過去形なのに気づく。

「うーん、だんだん難しくなってきてね」ネビルが言う。「クリスマスにはルーナがいなくなったし、ジニーはイースターのあと、もどってこなかった。僕たち三人が、リーダーみたいなものだったたんだ。カロー兄妹は、事件の陰に僕がいるって知ってたみたいで、だから僕を厳しく抑えにかかった。それから、マイケル・コーナーが、やつらに鎖でつながれた一年生を一人解き放してやっているところを捕まって、ずいぶんひどく痛めつけられた。それで、みんな震え上がったんだ」

「まじかよ」上り坂になってきたトンネルを歩きながら、ロンがつぶやく。

「ああ、でもね、みんなにマイケルみたいな目にあってくれ、なんて頼めないから、そういう目立つことはやめた。でも、僕たち戦い続けたんだ。地下運動に変えて、二週間前まではね。ところが、あいつらとうとう、僕にやめさせる道は一つしかないと思ったんだろうな。それで、ばあちゃんを捕まえようとした」

「なんだって？」ハリー、ロン、ハーマイオニーが同時に声を上げた。

「うん」

坂が急勾配になって少し息を切らしながら、ネビルは続ける。

「まあね、やつらの考え方はわかるよ。親たちをおとなしくさせるために子供を誘拐するっていうのは、うまくいった。それなら、その逆を始めるのは時間の問題だったと思うよ。ところが――」

ネビルが三人を振り返る。その顔がにやっと笑っているのを見て、ハリーは驚く。

「あいつら、ばあちゃんを侮った。ひとり暮らしの老魔女だ、とくに強力なのを送り込む必要はないって、たぶんそう思ったんだろう。とにかく――」

ネビルは声を上げて笑う。

「ドーリッシュはまだ聖マンゴに入院中で、ばあちゃんは逃亡中だ。ばあちゃんから手紙がきたよ」

ネビルはローブの胸ポケットをポンとたたく。

「僕のことを誇りに思うって。それでこそ親に恥じない息子だ、がんばれって」

「かっこいい」ロンが心から言う。

「うん」ネビルがうれしそうな顔をする。

「ただね、僕を抑える手段がないと気づいたあとは、あいつら、ホグワーツには結局、僕なんか要らないと決めたみたいだ。僕を殺そうとしているのか、アズカバン送りにするつもりなのかは知らないけど、どっちにしろ、僕は姿を消すときがきたって気づいたんだ」

「だけど――」

ロンがさっぱりわからないという顔でたずねる。

「僕たち――僕たち、まっすぐホグワーツに向かっているんじゃないのか？」

「もちろんさ」ネビルが答える。「すぐわかるよ。ほら着いた」

角を曲がると、トンネルはそのすぐ向こうで終わっている。短い階段があって、その先に、アリアナの肖像画の背後に隠されていたと同じような扉がある。ネビルは扉を押し開けてよじ登り、くぐり抜ける。ハリーもあとに続いた。ネビルが、見えない人々に向かって呼びかける声が聞こえる。

「この人だーれだ！　僕の言ったとおりだろ？」

ハリーが通路の向こう側の部屋に姿を現すと、数人が悲鳴や歓声を上げた。

「ハリー！」

「ポッターだ。ポッターだよ！」

「ロン！」

「ハーマイオニー！」

色あざやかな壁飾りやランプや大勢の顔が見え、ハリーは頭が混乱した。次の瞬間、ハリー、ロン、ハーマイオニーの三人は、二十人以上の仲間に取り囲まれ、抱きしめられて背中をたたかれ、髪の毛をくしゃくしゃにされ、握手攻めとなった。たったいま、クィディッチの決勝戦で優勝したみたいだ。

「オッケー、オッケー、落ち着いてくれ！」

ネビルが呼びかけ、みなが一歩退いたので、ハリーはようやくまわりの様子を眺めることができた。

まったく見覚えのない部屋だ。とびきり贅沢な樹上の家の中か、巨大な船室のような感じの大きな部屋。色とりどりのハンモックが、天井から、そして窓のない黒っぽい板壁に沿って張り出したバルコニーからぶら下がっている。板壁は、あざやかなタペストリーの掛け物で覆われている。タペストリーは、深紅の地にグリフィンドールの金色のライオンの縫い取り、黄色地にハッフルパフの黒いアナグマ、そして青地にレイブンクローのブロンズ色の鷲だ。銀と緑のスリザリンだけがない。本でふくれ上がった本棚、壁に立てかけた箒が数本、そして隅には大きな木のケースに入ったラジオがある。

「ここはどこ?」

「『必要の部屋』に決まってるよ!」ネビルが当然という顔で言う。「いままでで最高だろう? カロー兄妹が僕を追いかけていた。それで、隠れ場所はここしかないと思ったんだ。なんとか入り込んだら、中はこんなになってたんだ! 最初に僕が入ったときは、全然こんなじゃなくて、ずっと小さかったけどね。ハンモックが一つとグリフィンドールのタペストリーだけだったんだ。でも、DAのメンバーがどんどん増えるに連れて、部屋が広がったんだよ」

「それで、カロー兄妹は入れないのか?」

ハリーは扉を探して、ぐるりと見回しながら聞いた。

「ああ」シェーマス・フィネガンが答える。

ハリーは、その声を聞くまでシェーマスだとはわからなかった。それほど傷だらけで、腫(は)れ上がった顔をしている。

「ここはきちんとした隠れ家だ。僕たちのだれかが中にいるかぎり、やつらは手を出せない。扉が開かないいんだ。全部ネビルのおかげさ。ネビルは本当にこの部屋を理解してる。この部屋に、必要なことを正確に頼まないといけないんだ——たとえば、『カローの味方は、だれもここに入れないようにしたい』——そしたら、この部屋はそのようにしてくれる！　ただ、抜け穴を必ず閉めておけばいいのさ！　ネビルはすごいやつだ！」

「たいしたことじゃないんだ。ほんと」

ネビルは謙遜する。

「ここに一日半ぐらい隠れていたら、すごくお腹が空いて、それで、なんか食べるものが欲しいって願った。ホッグズ・ヘッドへの通路が開いたのは、そのときだよ。そのトンネルを通っていったら、アバーフォースに会ったんだ。アバーフォースが僕たちに、食料を提供してくれているんだ。なぜかこの『必要の部屋』は、それだけはしてくれない」

「うん、まあ、食料は『ガンプの元素変容の法則』の五つの例外の一つだからな」ロンの言葉に、みな呆気に取られる。

「それで僕たち、もう二週間近く、ここに隠れているんだ」シェーマスが言う。「ハンモックが必要になるたびに、この部屋は追加してくれるし、女子が入ってくるようになったら、急にとてもいい風呂場が――」

「――女子がちゃんと体を洗いたいと思ったから、現れたの。ええそうよ」ラベンダー・ブラウンが説明を加える。ハリーはそのときまで、ラベンダーがいることに気づかなかった。あらためてきちんと部屋を見回すと、ハリーの見知った顔がたくさんいる。双子のパチル姉妹もいる。そのほかにも、テリー・ブート、アーニー・マクミラン、アンソニー・ゴールドスタイン、マイケル・コーナー。

「ところで、君たちがなにをしていたのか、教えてくれよ」アーニーが言った。「噂があんまり多すぎてね、僕たち、『ポッターウオッチ』で、なんとか君の動きに追いつくようにしてきたんだ」

アーニーは、ラジオを指さす。

「君たちまさか、グリンゴッツ破りなんか、していないだろう？」

「したよ！」ネビルが言う。「それに、ドラゴンのこともほんとさ！」

バラバラと拍手が起こり、何人かが「うわっ」と声を上げる。ロンは舞台俳優のようにお辞儀をする。

「目的はなんだい？」シェーマスが熱くなって聞く。

三人は自分たちから質問することで、みなの質問をかわそうとした。しかしその前に、稲妻形の傷痕に焼けるような激痛が走る。ハリーは、嬉々とした顔で知りたがっているみなに急いで背を向ける。

「必要の部屋」は消え去り、ハリーは荒れ果てた石造りの小屋の中に立っている。足下の腐った床板がはぎ取られ、穴があいたその横に、掘り出された黄金の箱が空っぽになって転がっている。ヴォルデモートの怒りのさけびが、ハリーの頭の中でガンガン響く。

ハリーは、全力を振りしぼってヴォルデモートの心から抜け出し、ふらふらしながら自分のいる「必要の部屋」にもどってきた。顔からは汗が噴き出し、ロンに支えられて立っている。

「ハリー、大丈夫？」ネビルが声をかけていた。「腰掛けたら？　たぶん疲れているせいじゃ――？」

「ちがうんだ」

ハリーはロンとハーマイオニーを見て、ヴォルデモートが分霊箱の一つがなくなっているのに気づいたと、無言で伝えようとした。時間がどんどんなくなっていく。ヴォルデモートが次にホグワーツにくるという選択をしたなら、三人は機会を失ってしまう。

「僕たちは、先に進まなくちゃならない」ハリーが言う。

二人の表情から、ハリーは理解してくれたと思う。

「それじゃ、ハリー、僕たちはなにをすればいい？」シェーマスが聞く。「計画は？」

「計画？」ハリーが繰り返す。

ヴォルデモートの激しい怒りにふたたび引っ張り込まれないようにと、ハリーはありったけの意思の力を使っていた上に、傷痕は焼けるように痛み続けている。

「そうだな、僕たちは――ロンとハーマイオニーと僕だけど――やらなくちゃいけないことがあるんだ。そのあとは、ここから出ていく」

今度は、笑う者も「うわっ」と言う者もいなかった。全員が意外な顔をしている。

ネビルが困惑した顔で聞く。

「どういうこと？『ここから出ていく』って？」

「ここに留まるために、もどってきたわけじゃないんだ」

ハリーは痛みを和らげようと傷痕をこすりながら答える。

「僕たちは大切なことをやらなければならないんだ――」

「なんなの？」

「僕――僕、話せない」

ぶつぶつというつぶやきがさざなみのように広がる。ネビルは眉根を寄せる。

「どうして僕たちに話せないの？『例のあの人』との戦いに関係することだろう？」

「それは、うん――」

「なら、僕たちが手伝う」

ダンブルドア軍団のほかのメンバーも、ある者は熱心に、ある者は厳粛にうなずく。中の二人が椅子から立ち上がり、すぐにでも行動する意思を示した。

「君たちにはわからないことなんだ」

ハリーは、ここ数時間の間に、この言葉を何度も言ったような気がする。

「僕たち――君たちには話せない。どうしても、やらなければならないんだ――僕たちだけで」

「どうして？」ネビルがたずねる。

「どうしてって……」

最後の分霊箱を探さなければと焦り、少なくともどこから探しはじめたらいいかを、ロンとハーマイオニーの二人だけと話したいと気が急くあまり、ハリーはなかなか考えがまとまらない。額の傷痕は、まだじりじりと焼けるように痛んでいる。

「ダンブルドアは、僕たち三人に仕事を遺した」ハリーは慎重に答える。「そして、そのことを話すわけには――つまり、ダンブルドアは、僕たちに、三人だけにその仕事をして欲しいと考えていたんだ」

「僕たちはその軍団だ」ネビルが決然として言う。「ダンブルドア軍団なんだ。僕たちはそこで全員結ばれている。君たちが三人だけで行動していた間、僕たちは軍団の活動を続けてきた――」

「おい、僕たちはピクニックに行ってたわけじゃないぜ」ロンが反論する。

「そんなこと、一度も言ってないよ。でも、どうして僕たちを信用できないのか、わからない。この『部屋』にいる全員が戦ってきた。だからカロー兄妹に狩り立てられて、ここに追い込まれているんだ。ここにいる者は全員、ダンブルドアに忠実なことを証明してきた――君に忠実なことを」

「聞いてくれ――」

ハリーは、そのあとなにを言うのか考えていなかった。しかし、言う必要もなくなった。ちょうどそのとき、背後のトンネルの扉が開いた。

「伝言を受け取ったわ、ネビル！　こんばんは。あたし、三人ともきっとここにいると思ったもゝ！」

ルーナとディーンだ。シェーマスは吠(ほ)えるような歓声を上げてディーンに駆け寄り、無二の親友を抱きしめた。

「みんな、こんばんは!」ルーナがうれしそうに言う。「ああ、もどってこれてよかった!」

「ルーナ」

ハリーは気を逸(そ)らされてしまった。

「君、どうしたの? どうしてここに――?」

「僕が呼んだんだ」

ネビルが、偽(にせ)ガリオン金貨を見せながら言う。

「僕、ルーナとジニーに、君が現れたら知らせるって約束したんだ。君がもどってきたら、そのときは革命だって、僕たち全員そう思ってた。スネイプとカロー兄妹を打倒するんだって」

「もちろん、そういうことだもん」ルーナが明るく言った。

「そうでしょ、ハリー? 戦ってあいつらをホグワーツから追い出すのよね?」

「待ってくれ」

ハリーは切羽詰まって、焦りを募らせる。

「すまない、みんな。でも、僕たちは、そのためにもどってきたんじゃないんだ。

しなければならないことがある。そのあとは――」

「僕たちを、こんなひどい状態のまま残していくのか？」マイケル・コーナーが詰め寄る。

「ちがう！」ロンが割って入った。「僕たちがやろうとしていることは、結局はみんなのためになるんだ。すべては、『例のあの人』をやっつけるためなんだ――」

「それなら手伝わせてくれ！」ネビルが怒ったように言う。「僕たちも、それに加わりたいんだ！」

またしても背後で物音がして、ハリーは振り返る。とたんに心臓が止まるかと思った。壁の穴をよじ登ってきたのは、ジニーだ。すぐ後ろにフレッド、ジョージ、リー・ジョーダンが続いている。ジニーは、ハリーに輝くような笑顔を向ける。ハリーは、ジニーがこんなにも美しいことを忘れていた。いや、これまで気がついていなかった。しかし、ジニーを見て、これほどうれしくなかったこともない。

「アバーフォースのやつ、ちょっといらついてたな」

フレッドは、何人かの歓迎の声に応(こた)えるように手を挙げながら言う。

「ひと眠りしたいのに、あの酒場が駅になっちまってさ」

ハリーは口をあんぐり開ける。リー・ジョーダンの後ろから、ハリーの昔のガールフレンドのチョウ・チャンが現れ、ハリーにほほえみかけている。

いき、横に座る。

「伝言を受け取ったわ」

チョウは、偽ガリオン金貨を持った手を挙げ、マイケル・コーナーのほうに歩いていき、横に座る。

「さあ、どういう計画だ、ハリー？」ジョージが言う。

「そんなものはない」

ハリーは、急にこれだけの人間が現れたことに戸惑い、しかも傷痕の激しい痛みのせいで、状況が十分に消化し切れないでいる。

「実行しながら、計画をでっち上げるわけだな？　おれの好みだ」フレッドが言う。

「こんなこと、やめてくれ！」ハリーがネビルに訴える。「なんのために、みんなを呼びもどしたんだ？　正気の沙汰じゃない――」

「僕たち、戦うんだろう？」

ディーンが、自分の偽ガリオン金貨を取り出しながら言う。

「伝言は、こうだ。ハリーがもどった。僕たちは戦う！　だけど、僕は杖が要るな――」

「持ってないのか、杖を――？」シェーマスがなにか言いかける。

ロンが、突然ハリーに向かって言った。

「みんなに手伝ってもらったら？」

「えっ？」

「手伝ってもらえるよ」

ロンは、ハリーとロンの間に立っているハーマイオニーにしか聞こえないように、声を落として言い説く。

「あれがどこにあるか、僕たちにはわかってない。早いとこ見つけないといけないだろ。みんなにはそれが分霊箱だなんて言う必要はないからさ」

ハリーはロンとハーマイオニーを交互に見た。ハーマイオニーがひそひそ声でロンの意見に賛成する。

「ロンの言うとおりだわ。私たち、なにを探すのかさえわからないのよ。みんなの助けが要るわ」

ハリーがまだ納得しない顔でいると、ハーマイオニーがもうひと押しする。

「ハリー、なにもかも一人でやる必要はないわ」

傷痕が疼き続け、また頭が割れてしまいそうな予感を持ちながら、ハリーは急いで考えを巡らす。ダンブルドアは、分霊箱のことはロンとハーマイオニー以外のだれにも言うなと警告した。〝秘密と嘘をな。おれたちはそうやって育った。そしてアルバスには……天性のものがあった〟……ハリーは、ダンブルドアになろうとしているのだろうか。秘密を胸に抱え、信用することを恐れているのか？　しかしダンブルドアはスネイプを信じた。その結果どうなったか？　一番高い塔の屋上での殺人……。

「わかった」ハリーは二人に向かって小声で答える。

「よーし、みんな」ハリーが「必要の部屋」全体に呼びかけると、話し声がやんだ。近くにいる仲間に冗談を飛ばしていたフレッドとジョージもぴたりと静かになり、全員が緊張し、興奮しているように見える。

「僕たちはあるものを探している」ハリーが説明する。「それは――『例のあの人』を打倒する助けになるものだ。このホグワーツにある。しかし、どこにあるのかはわからない。レイブンクローに属するなにかかもしれない。だれか、そういうものの話を聞いたことはないか？　だれか、たとえば鷲の印があるなにかを、どこかで見かけたことはないか？」

ハリーはもしやと期待しながら、レイブンクローの寮生たちを見る。パドマ、マイケル、テリー、チョウ。しかし答えたのは、ジニーの椅子の肘にちょこんと腰掛けていたルーナだ。

「あのね、失われた髪飾りがあるわ。その話をあんたにしたこと、ハリー、覚えてる？　レイブンクローの失われた髪飾りのことだけど？　パパがそのコピーを作ろうとしたんだもゝ」

「ああ、だけど失われた髪飾りって言うからには――」

マイケル・コーナーが、呆れたように目をぐるぐるさせながら言う。

「失われたんだ、ルーナ。そこが肝心なところなんだよ」

「いつごろ失われたの？」ハリーが聞く。

「何百年も前だという話よ」

チョウの言葉で、ハリーはがっかりした。

「フリットウィック先生がおっしゃるには、髪飾りはレイブンクローと一緒に消えたんですって。みんな探したけど、でも」

チョウは、レイブンクロー生に向かって訴えかけるように話す。

「だれもその手がかりを見つけられなかった。そうよね？」

レイブンクロー生がいっせいにうなずく。

「あのさ、髪飾りって、どんなものだ？」ロンが聞いた。

「冠みたいなものだよ」テリー・ブートが答える。「レイブンクローの髪飾りは、魔法の力があって、それをつけると知恵が増すと考えられていたんだ」

「うん、パパのラックスパート吸い上げ管は――」

しかし、ハリーがルーナを遮った。

「それで、だれもそれらしいものを見たことがないのか？」

みながまたうなずく。ハリーはロンとハーマイオニーに顔を向けるが、自分の失望が鏡のように映っているのを見るだけだった。長い間失われた品、そして手がかりさえない品が、城に隠された分霊箱である可能性はないように思われる……しかし、ハリーが別な質問を考えているとき、チョウがまた口を開いた。

「その髪飾りが、どんな形をしているか見たかったら、ハリー、私たちの談話室に連れていって、見せてあげるけど？　レイブンクローの像が、それを着けているわ」

ハリーの傷痕がまた焼けるように痛んだ。一瞬「必要の部屋」がぐらついてぼやけ、暗い大地がぐんぐん下になり、大蛇が肩に巻きついているのを感じる。ヴォルデモートはまた飛び立ったのだ。地下の湖へか、このホグワーツ城へか、ハリーにはわからない。どちらにしても、もう残された時間はほとんどない。

「あいつが動き出した」

ハリーはロンとハーマイオニーにこっそり告げる。ハリーはチョウをちらりと見て、それからまた二人を見る。

「こうしよう。あんまりいい糸口にはならないと思うけど、でも、その像を見てくる。少なくとも、その髪飾りがどんなものかがわかる。ここで待っていてくれ、そして、ほら――もう一つのあれを――安全に保管していてくれ」

チョウが立ち上がったが、ジニーがかなり強い調子で制した。

「だめ。ルーナがハリーを案内するわ。そうよね、ルーナ？」

「えぇェー、いいわよ。喜んで」

ルーナがうれしそうに言い、チョウは失望したような顔で、また座る。

「どうやって出るんだ？」ハリーがネビルに聞いた。

「こっちからだよ」

ネビルはハリーとルーナを、部屋の隅に案内する。そこにある小さな戸棚を開くと、急な階段に続いている。

「行く先が毎日変わるんだ。だからあいつらは、絶対に見つけられない」ネビルが言う。「ただ問題は、出ていくのはいいんだけど、行く先がどこになるのか、はっきりわからないことだ。ハリー、気をつけて。あいつら、夜は必ず廊下を見回っているから」

「大丈夫」ハリーが答える。「すぐもどるよ」

ハリーとルーナは階段を急いだ。松明（たいまつ）に照らされた長い階段で、あちこち思いがけないところに曲り角がある。ようやく二人は、どうやら固い壁らしいものの前に出た。

「ここに入って」

そう言いながら、ハリーは「透明マント」を取り出してルーナと自分にかぶせ、壁を軽く押した。

壁は触ったとたんに熔けるように消え、二人は外に出る。振り返ると、壁はたちまちひとりでに塞がっていく。そこは暗い廊下だった。ハリーはルーナを引っ張って物陰に移動し、首からかけた巾着を探って「忍びの地図」を取り出す。顔を地図にくっつけるようにして自分とルーナの点を探し、ようやくそれを見つける。

「ここは六階だ」

ハリーは、行く手の廊下から、フィルチの点が遠ざかっていくのを見つめながらささやいた。

「さあ、こっちだ」

二人はこっそりと進んだ。

ハリーは、何度も夜に城の中をうろついた経験があるが、心臓がこんなに早鐘を打ったことはない。それに、無事に移動することにこれほどさまざまな期待がかかっていたこともない。月光が四角に射し込む廊下を通り、密かな足音を聞き咎めて兜をキーキー鳴らす鎧のそばを通り過ぎ、得体の知れないなにかが潜んでいるかもしれない角を曲がり、「忍びの地図」が読めるだけの明かりがあるところでは地図を確かめながら進んだ。ゴーストをやり過ごすために、二度立ち止まる。いつなんどき障害に出くわしてもおかしくはない。ハリーは、ポルターガイストのピーブズをなにより警戒し、近づいてくるときの、それとわかる最初の物音を聞き逃すまいと、ひと足ごとに耳を澄ませた。

「こっちよ、ハリー」

ルーナがハリーの袖を引いて螺旋階段のほうに引っ張りながら、声をひそめて言った。

二人は、目の回るような急な螺旋を上る。ハリー自身は、ここにはきたことがない。やっとのことで扉の前に出る。取っ手も鍵穴もない。古めかしい木の扉がのっぺりと立っているだけで、鷲の形をしたブロンズのドアノッカーがついている。

ルーナが色白の手を差し出す。腕も胴体もない手が宙に浮いているようで、薄気味が悪い。ルーナが一回ノックする。静けさの中で、その音はハリーには大砲が鳴り響いたように聞こえる。たちまち鷲の嘴が開き、鳥の鳴き声ではなく、柔らかな、歌うような声が流れた。

「不死鳥と炎はどちらが先？」

「ンンン……どう思う、ハリー？」

ルーナが思慮深げな表情で聞く。

「えっ？　合言葉だけじゃだめなの？」

「あら、ちがうよ。質問に答えないといけないんだもン」ルーナが言う。

「まちがったらどうなるの？」

「えーと、だれか正しい答えを出す人がくるまで、待たないといけないんだもン」

涼しい顔でルーナが言う。

「そうやって学ぶものよ。でしょ？」

「ああ……問題は、ほかのだれかがくるまで待つ余裕はないんだよ、ルーナ」

「うん。わかるよ」ルーナがまじめに答える。

「えーと、それじゃ、あたしの考えだと、答えは、円には始まりがない」

「よく推理しましたね」

声がそう言うと、扉がぱっと開いた。

レイブンクローの談話室には人気がなく、広い円形の部屋で、ハリーが見たホグワーツのどの部屋よりさわやかだ。壁のところどころに優雅なアーチ形の窓があり、壁にはブルーとブロンズ色のシルクのカーテンが掛かっている。日中なら、レイブンクロー生は、周囲の山々のすばらしい景色が眺められるのだろう。天井はドーム型で、星が描いてあり、濃紺の絨毯も同じ模様になっている。テーブル、椅子、本棚がいくつかあり、扉の反対側の壁の窪みに、背の高い白い大理石の像が建っている。

ルーナの家で胸像を見ていたハリーは、ロウェナ・レイブンクローの顔だとすぐに合点する。その像は、寝室に続いていると思われるドアの脇に置かれていた。ハリーは逸る心で、まっすぐに大理石の女性に近づく。像は物問いたげな軽い微笑を浮かべて、ハリーを見返している。美しいが、少し威嚇的でもある。頭部には、大理石で、繊細な髪飾りの環が再現されている。フラーが結婚式で着けたティアラと、そうちがわないものだ。小さな文字が刻まれている。ハリーは「透明マント」から出て、レイブンクロー像の台座に乗り、文字を読む。

「計り知れぬ英知こそ、われらが最大の宝なり！」

「つまり、おまえは文無しだね、能なしめ」

ケタケタというかん高い魔女の声がした。ハリーはすばやく振り向き、台座から滑り降りて床に立った。目の前に猫背のアレクト・カローの姿がある。ハリーが杖を上げる間もなく、アレクトはずんぐりした人差し指を、前腕の髑髏と蛇の焼印に押しつけた。

第30章　セブルス・スネイプ去る

指が闇の印に触れたとたん、ハリーの額の傷痕がこらえようもなく痛んだ。星をちりばめた部屋が視界から消え、ハリーは崖の下に突き出した岩に立っている。波が周囲を洗い、心は勝利感に躍っている――小僧を捕えた。

バーンという大きな音で、ハリーは我に返る。一瞬、自分がどこにいるのかもわからずハリーは杖を上げたが、目の前の魔女は、すでに前のめりに倒れている。倒れた衝撃の大きさに、本棚のガラスがチリチリと音を立てた。

「あたし、DAの練習以外でだれかを『失神』させたの、はじめてだもゝ」

ルーナはちょっとおもしろそうに言う。

「思っていたより、やかましかったな」

たしかにそうだった。天井がガタガタ言い出した。寝室に続くドアの向こう側から、あわてて駆けてくる足音が次第に大きく響いてくる。ルーナの呪文が、上で寝ていたレイブンクロー生を起こしてしまったようだ。

「ルーナ、どこだ？　僕、『マント』に隠れないと！」

ルーナの両足がふっと現れた。ハリーが急いでそばに寄り、ルーナが二人に「マント」をかけなおしたそのとき、ドアが開いて寝巻き姿のレイブンクロー生がどっと談話室にあふれ出た。アレクトが気を失って倒れているのを見て、生徒たちは、息を呑(の)んだり驚いてさけんだりしている。そろそろと、寮生がアレクトを取り囲みながら近づく。野蛮な獣は、いまにも目覚めて寮生を襲うかもしれない。そのとき、勇敢な小さい一年生がアレクトにぱっと近寄り、足の親指で尻を小突(こづ)いた。

「死んでるかもしれないよ！」一年生が喜んでさけぶ。

「ねぇ、見て」

レイブンクロー生がアレクトのまわりに人垣を作るのを見て、ルーナがうれしそうにささやく。

「みんな喜んでるもン！」

「うん……よかった……」

ハリーは目を閉じた。傷痕(きずあと)が疼(うず)いている。ハリーはヴォルデモートの心の中に沈んでいくことにした……トンネルを通り、最初の洞穴(ほらあな)に着く……こっちにくる前にロケットの安否を確かめることにする……しかし、それほど長くはかからないだろう……。

談話室の扉を激しくたたく音がして、レイブンクロー生はみな凍りつく。扉の向こうで鷲のドアノッカーから、柔らかな歌うような声が流れるのが聞こえる。

「消失した物質はどこに行く？」

「そんなことおれが知るか？　黙れ！」

アレクトの兄、アミカスのものだとすぐわかる、下品なうなり声だ。

「アレクト？　アレクト？　そこにいるのか？　あいつを捕まえたのか？　扉を開けろ！」

レイブンクロー生は怯えて、互いにささやき合っている。すると、なんの前触れもなしに、扉に向けて銃を発射したような大きな音が、立て続けに聞こえてきた。

「アレクト！　あの方が到着して、もしおれたちがポッターを捕まえていなかったら。――マルフォイ一家の二の舞になりてえのか？　返事をしろ！」

アミカスは、力のかぎり扉を揺すぶりながら、大声でわめく。しかし、扉は頑として開かない。レイブンクロー生は全員後ずさりし、中でもひどく怯えた何人かは、寝室にもどろうとあわてて階段を駆け上がりはじめている。いっそ扉を吹き飛ばして、アミカスがこれ以上なにかする前に「失神」させるべきではないか、とハリーが迷っていると、扉の向こうからよく聞き慣れた別の声が聞こえた。

「カロー先生、なにをなさっておいでですか？」

「この――くそったれの――扉から――入ろうとしているんだ！」

アミカスがさけぶ。

「フリットウィックを呼べ！　あいつに開けさせろ、いますぐだ！」

「しかし、妹さんが中にいるのではありませんか？」マクゴナガル教授が聞く。「フリットウィック先生が、宵の口に、あなたの緊急な要請で妹さんをこの中に入れたのではなかったですか？　たぶん、妹さんが開けてくれるのでは？　それなら城の大半の者を起こす必要はないでしょう」

「妹が答えねえんだよ、この婆あ！　てめえが開けやがれ！　さあ開けろ！　いますぐ開けやがれ！」

「承知しました。お望みなら」

マクゴナガル教授は、恐ろしく冷たい口調になった。ノッカーを上品にたたく音がして、歌うような声がふたたびたずねる。

「消失した物質はどこに行く？」

「非存在に。つまり、すべてに」マクゴナガル教授が答えた。

「見事な言い回しですね」

鷲のドアノッカーが応(こた)え、扉がぱっと開く。

アミカスが杖(つえ)を振り回して扉から飛び込んでくると、残っていた数少ないレイブンクロー生は、矢のように階段へと走った。妹と同じように猫背のアミカスは、その青ぶくれの顔についている小さな目で、床に大の字に倒れて動かないアレクトを見つけた。アミカスは怒りと恐れの入り交じったさけび声を上げる。

「ガキども、なにしやがった？」アミカスがわめく。「だれがやったか白状するまで、全員『磔(はりつけ)の呪文』にかけてやる――それよりも、闇の帝王がなんとおっしゃるか？」

妹の上に立ちはだかって、自分の額(ひたい)を拳(こぶし)でバシッとたたきながら、アミカスがかん高い声でわめきちらす。

「やつを捕まえていねえ。その上ガキどもが妹を殺しやがった！」

「『失神』させられているだけですよ」

かがんでアレクトを調べていたマクゴナガル教授が、いらつきながら言う。

「妹さんはまったくなんともありません」

「なんともねえもくそもあるか！」

アミカスが大声を上げる。

「妹が闇の帝王に捕まったら、とんでもねえことにならぁ！　こいつはあの方を呼びやがった。おれの闇の印が焼けるのを感じた。あの方は、おれたちがポッターを捕まえたとお考えにならぁ！」

「ポッターを捕まえた？」マクゴナガル教授の声が鋭くなる。「どういうことですか？『ポッターを捕まえた』とは？」

「あの方が、ポッターはレイブンクローの塔に入ろうとするかもしれねえ、そんでもって、捕まえたらあの方を呼ぶようにって、おれたちにそうおっしゃったのよ」

「ハリー・ポッターが、なんでレイブンクローの塔に入ろうとするのですか？ポッターは私の寮生です！」

まさか、という驚きと怒りの声の中に、かすかに誇りが交じるのを聞き取り、ハリーの胸の奥に、ミネルバ・マクゴナガルへの愛情がどっとわいてくる。

「おれたちは、ポッターがここにくるかもしれねえ、と言われただけだ！」カローが言い返す。「なんでもへったくれも、ねえ！」

マクゴナガル教授は立ち上がり、キラキラした目で部屋を眺め回した。ハリーとルーナの立っているまさにその場所を、その目が二度行き過ぎる。

「ガキどもに、なすりつけてやる」

アミカスの豚のような顔が、突然、ずる賢くなる。

「そうだとも。そうすりゃいい。こう言うんだ。アレクトはガキどもに待ち伏せされた。上にいるガキどもによ」

アミカスは星のちりばめられた天井の、寝室のある方向を見上げる。

「そいでもって、こう言う。ガキどもが、むりやり妹に闇の印を押させた。だから、あの方はまちがいの報せを受け取った……あの方は、ガキどもを罰する。ガキが二、三人減ろうが減るまいが、たいしたちがいじゃねえだろう？」

「真実と嘘とのちがい、勇気と臆病とのちがいにすぎません」

マクゴナガル教授の顔からすっと血が引いた。

「要するに、あなたにも妹さんにも、そのちがいがわかるとは思えません。しかし、一つだけはっきりさせておきましょう。あなたたちの無能の数々を、ホグワーツの生徒たちのせいにはさせません。私が許しません」

「なんだと？」

アミカスがずいと進み出て、マクゴナガル教授の顔に息がかかるほどのところまで、無遠慮に詰め寄った。マクゴナガル教授は一歩も引かず、トイレの便座にくっついた不快なものでも見るようにアミカスを見下ろす。

「ミネルバ・マクゴナガルよぅ、あんたが許すの許さないのってぇ場合じゃあねえぜ。あんたの時代は終わった。いまはおれたちがここを仕切ってる。おれを支持しないつもりなら、つけを払うことになるぜ」

そしてアミカスは、マクゴナガル教授の顔に唾を吐きかけた。

ハリーは「マント」を脱ぎ、杖を上げて言った。

「してはならないことを、やってしまったな」

アミカスがくるりと振り向くと同時に、ハリーがさけぶ。

「クルーシオ！　苦しめ！」

死喰い人が浮き上がる。溺れるように空中でもがき、痛みにさけびながらじたばたとする。それから、本棚の正面に激突してガラスを破り、アミカスは気を失い、くしゃくしゃになって床に落ちた。

「ベラトリックスの言った意味がわかった」ハリーが言った。頭に血が上ってどくどく脈打っている。「本気になる必要があるんだ」

「ポッター！」

マクゴナガル教授が、胸元を押さえながら小声で言う。

「ポッター――あなたがここに！　いったい――？　どうやって――？」

マクゴナガル教授は落ち着こうと必死だ。

「ポッター、ばかなまねを！」

「こいつは先生に、唾を吐いた」ハリーが言う。

「ポッター、私は――それはとても――とても雄々しい行為でした――しかし、わかっているのですか――?」

「ええ、わかっています」

ハリーはしっかりと答えた。マクゴナガル教授があわてふためいていることが、かえってハリーを落ち着かせる。

「マクゴナガル先生、ヴォルデモートがやってきます」

「あら、もうその名前を言ってもいいの?」

ルーナが「透明マント」を脱ぎ捨てて、おもしろそうに聞く。二人目の反逆者の出現に圧倒され、マクゴナガル教授はよろよろと後退し、古いタータンチェックの部屋着の襟をしっかりつかんで、傍らの椅子に倒れ込む。

「あいつをなんと呼ぼうが、同じことだ」ハリーがルーナに言う。「あいつはもう、僕がどこにいるかを知っている」

ハリーの頭のどこか遠いところで――焼けるように激しく痛む傷痕につながっているその部分で、ハリーは、不気味な緑の小舟に乗って暗い湖を急ぐヴォルデモートの姿を見ている……あの石の水盆が置いてある小島に、間もなく到着する……。

「逃げないといけません」マクゴナガル教授が、ささやくように言う。「さあ、ポッター、できるだけ急いで!」

「それはできません」ハリーが答える。「僕にはやらなければならないことがあります。先生、レイブンクローの髪飾りがどこにあるか、ご存知ですか？」

「レ――レイブンクローの髪飾り？　もちろん知りません――何百年もの間、失われたままではありませんか？」

マクゴナガル教授は、少し背筋を伸ばして座りなおす。

「ポッター、この城に入るなど、狂気の沙汰です、まったく狂気としか――」

「そうしなければならなかったんです」ハリーが言う。「先生、この城に隠されているなにかを、僕は探さないといけないんです。それは髪飾りかもしれない――フリットウィック先生にお話することさえできれば――」

なにかが動く物音、ガラスの破片のぶつかる音がした。アミカスが気づいたのだ。ハリーやルーナが行動するより早く、マクゴナガル先生が立ち上がって、ふらふらしている死喰い人に杖を向けて唱える。

「インペリオ！　服従せよ！」

アミカスは、立ち上がって妹のところへ歩き、杖を拾って、ぎこちない足取りで従順にマクゴナガル教授に近づき、妹の杖と一緒に自分の杖も差し出した。それが終わると、アレクトの隣に横たわる。マクゴナガル教授がふたたび杖を振ると、銀色のロープがどこからともなく光りながら現れ、カロー兄妹にくねくねと巻きついて、二人一緒にきつく縛り上げた。

「ポッター」

マクゴナガル教授は、窮地に陥ったカロー兄妹のことなど、物の見事に無視して、ふたたびハリーのほうを向く。

「もしも『名前を言ってはいけないあの人』が、あなたがここにいると知っているなら――」

その言葉が終わらないうちに、痛みにも似た激しい怒りがハリーの体を貫き、傷痕を燃え上がらせた。その瞬間、ハリーは石の水盆を覗き込んでいる。薬が透明になり、その底に安全に置かれているはずの金のロケットが、ない――。

「ポッター、大丈夫ですか?」

その声でハリーは我に返る。ハリーはルーナの肩につかまって体を支えていた。

「時間がありません。ヴォルデモートがどんどん近づいています。先生、僕はダンブルドアの命令で行動しています。ダンブルドアが僕に見つけて欲しかったものを、探し出さなければなりません！　でも、僕がこの城の中を探している間に、生徒たちを逃がさないといけません――ヴォルデモートの狙いは僕ですが、ついでにあと何人かを殺しても、あいつは気にも止めないでしょう。いまとなっては――」

〝僕が分霊箱を攻撃していると知ったいまとなっては〟とハリーは心の中で文章を完結させた。

「あなたはダンブルドアの命令で行動していると？」

マクゴナガル教授は、はっとしたような表情で繰り返し、すっと背筋を伸ばす。

『名前を言ってはいけないあの人』から、この学校を守りましょう。あなたが、そのーーそのなにかを探している間は」

「できるのですか？」

「そう思います」

マクゴナガル教授は、あっさりと言ってのける。

「先生方は、知ってのとおり、みな相当に魔法に長けています。全員が最高の力を出せば、しばらくの間は『あの人』を防ぐことができるにちがいありません。もちろん、スネイプ教授については、なんとかしなければならないでしょうがーー」

「それは、僕がーー」

「ーーそして、闇の帝王が校門の前に現れ、ホグワーツがまもなく包囲されるという事態になるのであれば、無関係の人間をできるだけ多く逃がすのが、賢明というものでしょう。しかし、煙突飛行ネットワークは監視され、学校の構内では『姿現わし』も不可能となればーー」

「手段はあります」

ハリーが急いで口を挟み、ホッグズ・ヘッドに続く通路のことを説明する。

「ポッター、何百人という数の生徒の話ですよ――」

「わかっています、先生。でも、もしヴォルデモートと死喰い人が、学校の境界周辺に注意を集中していれば、ホッグズ・ヘッドからだれが『姿くらまし』しようが、関心を払わないと思います」

「たしかに一理あります」

マクゴナガル教授は同意する。教授が杖をカロー兄妹に向けると、銀色の網が縛られた二人の上にかぶさり、二人を包んで空中に吊り上げる。二人はブルーと金色の天井から、二匹の大きな醜い深海生物のようにぶら下がった。

「さあ、ほかの寮監に警告を出さなければなりません。あなたたちは、また『マント』をかぶったほうがよいでしょう」

マクゴナガル教授は扉までつかつかと進みながら、杖を上げる。杖先から、目のまわりにメガネのような模様のある、銀色の猫が三匹飛び出す。守護霊はしなやかに先を走り、マクゴナガル教授とハリーとルーナが螺旋階段を下りる間、階段を銀色の明かりで満たしてくれた。

三人が廊下を疾走しはじめると、守護霊は一匹ずつ姿を消した。マクゴナガル教授はタータンチェックの部屋着で床をすりながら走り、ハリーとルーナは「透明マント」に隠れて、そのあとを追う。

三人がさらに二階下に降りたとき、もう一つ別のひっそりした足音が加わっていた。まだ額の疼きを感じていたハリーが、最初にその足音を聞きつけた。「忍びの地図」を出そうと首から下げた巾着に触れる前に、マクゴナガル教授もだれかがいることに気づいた。立ち止まって杖を上げ、決闘の体勢を取りながら、教授が呼ばわる。

「そこにいるのはだれです？」

「我輩だ」低い声が答えた。甲冑の陰から、セブルス・スネイプが歩み出る。

その姿を見たとたん、ハリーの心に憎しみが煮えたぎった。スネイプの犯した罪の大きさにばかり気を取られていたハリーは、スネイプの姿を見るまで、その外見の特徴を思い出しもしなかった。ねっとりした黒い髪が、細長い顔のまわりにすだれのように下がっていることも、暗い目が死人のように冷たいことも忘れていた。スネイプは寝巻き姿ではなく、いつもの黒いマントを着て、やはり杖を構え、決闘の体勢を取っている。

「カロー兄妹はどこだ？」スネイプが静かに聞く。

「あなたが指示した場所だと思いますね、セブルス」マクゴナガル教授が答える。

スネイプはさらに近づき、その視線はマクゴナガル教授を通り越して、すばやく周囲の空間を走る。まるでハリーがそこにいることを知っているかのように。ハリーも杖を構え、いつでも攻撃できるようにする。

「我輩の印象では」スネイプが言う。「アレクトが侵入者を捕えたようだったが」

「そうですか？」マクゴナガル教授が聞き返す。「なぜそのような印象を？」

スネイプは左腕を軽く曲げる。その腕には、闇の印が刻印されているはずだ。

「ああ、当然そうでしたね」マクゴナガル教授が言う。「あなた方死喰い人が、仲間内の伝達手段をお持ちだということを、忘れていました」

スネイプは聞こえないふりをする。その目はまだマクゴナガル教授の周囲を隈なく探り、まるで無意識のように振る舞いながら、次第に近づいてくる。

「今夜廊下を見回るのが、あなたの番だったとは知りませんでしたな、ミネルバ」

「異議がおありですか？」

「こんな遅い時間に起き出して、ここにこられたのは何故ですかな？」

「なにか騒がしい物音が聞こえたように思いましたのでね」マクゴナガル教授が答えた。

「はて？　平穏そのもののようだが」スネイプはマクゴナガル教授の目をじっと見る。「ハリー・ポッターを見たのですかな、ミネルバ？　なんとならば、もしそうなら、我輩はどうあっても――」

マクゴナガル教授は、ハリーが信じられないほどすばやく動いた。その杖が空を切った一瞬、ハリーはスネイプが気絶してその場に崩れ落ちたものと思った。しかし、スネイプのあまりにも敏速な盾の呪文に、逆にマクゴナガルが体勢を崩している。マクゴナガルが壁の松明に向けて杖を振る。松明が腕木から吹き飛び、いままさにスネイプに呪いをかけようとしていたハリーは、落下してくる炎からルーナをかばって引き寄せなければならなかった。松明は火の輪になって廊下一杯に広がり、投げ縄のようにスネイプ目がけて飛ぶ――。

次の瞬間、火はもはや火ではなく、巨大な黒い蛇となる。その蛇をマクゴナガルが吹き飛ばし、煙に変える。煙は形を変えて固まり、あっという間に手裏剣の雨となってスネイプを襲った。スネイプは甲冑を自分の前に押し出して、辛うじてそれを避ける。手裏剣はガンガンと音を響かせ、次々と甲冑の胸に刺さる――。

「ミネルバ！」

キーキー声がした。飛び交う呪文からルーナをかばいながらハリーが振り返ると、寝巻き姿のフリットウィック先生とスプラウト先生が、こちらに向かって廊下を疾走してくる。その後ろからはスラグホーン先生が巨体を揺すり、喘ぎながら追ってきた。

「やめろ！」

フリットウィックが、杖を上げながらキーキー声でさけぶ。

「これ以上、ホグワーツで人を殺めるな！」

　フリットウィックの呪文が、スネイプの隠れている甲冑に当たる。すると甲冑がガチャガチャと動き出し、両腕でスネイプをがっちり締め上げた。それを振り解いたスネイプが、逆に攻撃者たち目がけて甲冑を飛ばす。ハリーとルーナが、横っ跳びに飛んで伏せたとたん、甲冑は壁に当たって大破した。ハリーがふたたび目を上げたときには、スネイプは一目散に逃げ出し、マクゴナガル、フリットウィック、スプラウトがすさまじい勢いで追跡していくところだった。スネイプは教室のドアからすばやく中に飛び込む。その直後に、ハリーはマクゴナガルのさけぶ声を聞いた。

「卑怯者(ひきょうもの)！　卑怯者！」

「どうなったの？　どうなったの？」ルーナが聞く。

　ハリーはルーナを引きずるようにして立たせ、二人で「透明マント」をなびかせながら廊下を走って、教室に駆け込む。がらんとした教室の中で、マクゴナガル、フリットウィック、スプラウトの三人の先生が、割れた窓のそばに立っていた。

「スネイプは飛び降りました」

　ハリーとルーナが教室に駆け込んでくると、マクゴナガル教授が言った。

「それじゃ、死んだ？」

　急に現れたハリーを見て、フリットウィックとスプラウトが、驚きのさけび声を上げるのも聞き流して、ハリーは窓際に駆け寄る。

「いいえ、死んではいません」マクゴナガルは苦々しく言い捨てる。「ダンブルドアとちがって、スネイプはまだ杖を持っていましたからね……それに、どうやらご主人様からいくつかの技を学んだようです」

学校の境界を仕切る塀に向かって闇を飛んでいく巨大なコウモリのような姿を遠くに見て、ハリーは背筋が寒くなる。

背後で重い足音がしたと思ったら、スラグホーンがハァハァと息をはずませて現れた。

「ハリー！」エメラルド色の絹のパジャマの上から、巨大な胸をさすり、スラグホーンが喘ぎ喘ぎ声を出す。「なんとまあ、ハリー……これは驚いた……ミネルバ、説明してくれんかね……セブルスは……いったいこれは……？」

「校長はしばらくお休みです」

窓にあいたスネイプの形をした穴を指さしながら、マクゴナガル教授が告げた。

「先生！」ハリーは、額に両手を当ててさけぶ。亡者のうようよしている湖が足下を滑っていくのが見え、不気味な緑の小舟が地下の岸辺にぶつかるのを感じた。殺意に満ちて、ヴォルデモートは舟から飛び降りる――。

「先生、学校にバリケードを張らなければなりません。あいつが、もうすぐやってきます！」

「わかりました。『名前を言ってはいけないあの人』がやってきます」

マクゴナガル教授が他の先生方に告げる。スプラウトとフリットウィックは息を呑み、スラグホーンは低くうめく。

「ポッターはダンブルドアの命令で、この城でやるべきことがあります。ポッターが必要なことをしている間、私たちは、能力の及ぶかぎりのあらゆる防御を、この城に施す必要があります」

「もちろんおわかりだろうが、我々がなにをしようと、『例のあの人』をいつまでも食い止めておくことはできないのだが？」フリットウィックが、キーキー声で言う。

「それでも、しばらく止めておくことはできるわ」スプラウト先生が返す。

「ありがとう、ポモーナ」マクゴナガル教授が礼を言う。

そして二人の魔女は、真剣な覚悟のまなざしを交わし合う。

「まず、我々がこの城に、基本的な防御を施すことにしましょう。それから、生徒たちを大広間に集めます。大多数の生徒は、避難させなければなりません。もし、成人に達した生徒が残って戦いたいと言うなら、チャンスを与えるべきだと思います」

「賛成」

スプラウト先生はもうドアのほうに急いでいた。

「二十分後に大広間で、私の寮の生徒と一緒にお会いしましょう」

スプラウト先生は小走りに出ていき、姿は見えなくなったけれどもぶつぶつぶやく声は聞こえていた。

「『食虫蔓（しょくちゅうづる）』『悪魔の罠（あくまのわな）』それにスナーガラフの種……そう、死喰い人が、こういうものと戦うところを拝見したいものだわ」

「私はここから術をかけられる」フリットウィックが言った。

窓まで背が届かず、ほとんど外が見えない状態で、フリットウィックは壊れた窓越しに狙いを定めて、きわめて複雑な呪文を唱えはじめる。ざわざわという不思議な音がハリーには聞こえる。フリットウィック先生は風の力をまとめて校庭に解き放ったようだ。

「フリットウィック先生」

ハリーは、小さな「呪文学」の先生に近づいて呼びかけた。

「先生、お邪魔してすみません。でも重要なことなのです。レイブンクローの髪飾りがどこにあるか、なにかご存知ではありませんか？」

「……プロテゴ　ホリビリス　恐ろしきものから　護れ――レイブンクローの髪飾り？」

フリットウィックが、キーキー声で聞き返す。

「ポッター、ちょっとした余分の知恵があるのは、けっして不都合なことではないが、このような状況で、それが役に立つとはとうてい思えんが？」

「僕がお聞きしたいのは――それがどこにあるかだけです。ご存知ですか？　ご覧になったことはありますか？」

「見たことがあるかじゃと？　生きている者の記憶にあるかぎりでは、だれも見た者はない！　とっくの昔に失われた物じゃよ！」

ハリーはどうしようもない失望感と焦りの入り交じった気持ちになる。それなら、分霊箱（ぶんれいばこ）は、いったいなんなのだろう？

「フィリウス、レイブンクロー生と一緒に、大広間でお会いしましょう！」

マクゴナガル教授はそう言うと、ハリーとルーナに従（つ）いてくるようにと手招きする。

三人がドアのところまできたとき、スラグホーンがゆっくりとしゃべり出した。

「なんたること」

スラグホーンは、汗だらけの青い顔にセイウチひげを震わせて、喘（あえ）ぎながら言う。

「なんたる騒ぎだ！　果たしてこれが賢明なことかどうか、ミネルバ、私には確信が持てない。いいかね、『あの人』は、結局は進入する道を見つける。そうなれば、『あの人』を阻もうとした者はみな、由々しき危険にさらされる――」

「あなたもスリザリン生も、二十分後に大広間にくることを期待します」マクゴナガル教授が言い渡す。「スリザリン生と一緒にここを去るというなら、止めはしません。しかしスリザリン生のだれかが、抵抗運動を妨害したりこの城の中で武器を取って我々に歯向かおうとするなら、ホラス、そのときは我々は死を賭して戦います」

「ミネルバ！」スラグホーンは肝をつぶした。

「スリザリン寮が、旗幟を鮮明にすべきときがきました」

マクゴナガル教授が、なにか言おうとするスラグホーンを遮って説く。

「生徒を起こしにいくのです、ホラス」

ハリーはまだぶつぶつ言っているスラグホーンを無視してその場を去り、ルーナと二人でマクゴナガル教授のあとを走った。教授は廊下の真ん中で体勢を整え、杖を構えた。

「ピエルトータム――ああ、なんたること！　フィルチ、こんなときに――」

年老いた管理人が、わめきながらひょこひょこと現れた。

「生徒がベッドを抜け出している！　生徒が廊下にいる！」

「そうすべきなのです、この救いようのない愚か者が！」マクゴナガルがさけぶ。

「さあ、なにか建設的なことをなさい！　ピーブズを見つけてきなさい！」

「ピー――ピーブズ？」フィルチは、そんな名前ははじめて聞くというように言いよどむ。

「そうです、ピーブズです、この愚か者が！　この四半世紀、ピーブズのことで文句を言い続けてきたのではありませんか？　さあ、捕まえにいくのです。すぐに！」

フィルチは明らかに、マクゴナガル教授が分別を失ったと思ったらしいが、低い声でぶつぶつ言いながら、背中を丸めてひょこひょこ去っていった。

「では、いざ――ピエルトータム　ロコモーター！　すべての石よ、動け！」

マクゴナガル教授が大声で唱える。

すると、廊下中の像と甲冑が台座から飛び降りる。上下階から響いてくる衝撃音で、城中の仲間が同じことをしていることがわかる。

「ホグワーツは脅かされています！」マクゴナガル教授が大声を出す。「境界を警護し、我々を護りなさい。我らが学校への務めを果たすのです！」

騒々しい音を立て、さけび声を上げながら、動く像たちは雪崩を打ってハリーの前を通り過ぎる。小さい像も、実物よりも大きい像もある。動物もいる。甲冑は、鎧をガチャガチャ言わせながら剣やら、棘のついた鎖玉やらを振り回している。

「さて、ポッター」マクゴナガルが向きなおる。「あなたとミス・ラブグッドは、友達のところにもどり、大広間に連れてくるのです――私はほかのグリフィンドール生を起こします」

次の階段の一番上でマクゴナガル教授と別れ、ハリーとルーナは「必要の部屋」の隠された入口に向かって走り出した。途中で、生徒たちの群れに出会う。大多数がパジャマの上に旅行用のマントを着て、先生や監督生たちに導かれながら大広間に向かっている。

「あれはポッターだ！」

「ハリー・ポッター！」

「彼だよ、まちがいない、僕、いまポッターを見たよ！」

しかしハリーは振り向かない。そしてやっと「必要の部屋」の入口にたどり着き、魔法のかかった壁に寄りかかると、壁が開いて二人を中に入れた。ハリーとルーナは、急な階段を駆け下りる。

「うわ――？」

部屋が見えたとたん、ハリーは驚いて階段を二、三段踏み外す。満員だ。部屋を出たときより、さらに混み合っている。キングズリーとルーピンが、ハリーを見上げていた。オリバー・ウッド、ケイティ・ベル、アンジェリーナ・ジョンソン、アリシア・スピネット、ビルとフラー、それにウィーズリー夫妻も見上げている。

「ハリー、なにが起きているんだ？」階段下でハリーを迎えたルーピンが聞く。

「ヴォルデモートがこっちに向かっている。先生方が、学校にバリケードを築いている――スネイプは逃げた――みんな、なんでここに？　どうしてわかったの？」

「おれたちが、ダンブルドア軍団のほかのメンバー全員に、伝言を送ったのさ」フレッドが説明する。「こんなおもしろいことを、見逃すやつはいないぜ、ハリー。それで、DAが不死鳥の騎士団に知らせて、雪だるま式に増えたってわけだ」

「なにから始める、ハリー？」ジョージが声をかける。「なにが起こっているんだ？」

「小さい子たちを避難させている。全員が大広間に集まって準備している」ハリーが言う。「僕たちは戦うんだ」

うおーっと声が上がり、みなが階段下に押し寄せる。全員が次々とハリーの前を走り過ぎ、ハリーは壁に押しつけられた。不死鳥の騎士団、ダンブルドア軍団、ハリーの昔のクィディッチ・チームの仲間、みなが交じり合い、杖を抜き、城の中へと向かっていく。

「こいよ、ルーナ」

ディーンが通りすがりに声をかけ、空いている手を差し出す。ルーナはその手を取り、ディーンに従いてまた階段を上っていった。

一気に人が出ていき、階段下の「必要の部屋」にはひとにぎりの人間だけが残った。ハリーもその中に加わった。ウィーズリーおばさんがジニーと言い争っている。そのまわりに、ルーピン、フレッド、ジョージ、ビル、フラーがいる。

「あなたは、まだ未成年よ！」

ハリーが近づいていくと、ウィーズリーおばさんが娘に向かってどなっている。

「私が許しません！　息子たちは、いいわ。でもあなたは、あなたは家に帰りなさい！」

「いやよ！」

ジニーは髪を大きく揺らして、母親にがっちりにぎられた腕を引き抜く。

「私はダンブルドア軍団のメンバーだわ——」

「——未成年のお遊びです！」

「その未成年のお遊びが、『あの人』に立ち向かおうとしてるんだ。ほかのだれもやろうとしないことだぜ！」フレッドが母親に立ち向かった。

「この子は、十六歳です！」ウィーズリーおばさんが声を張り上げる。「まだ年端も行かないのに！　あなたたち二人はいったいなにを考えてるのやら、この子を連れてくるなんて——」

フレッドとジョージは、ちょっと恥じ入った顔をする。

「ママが正しいよ、ジニー」ビルが優しく諭す。「おまえには、こんなことをさせられない。未成年の子は全員去るべきだ。それが正しい」

「私、家になんか帰れないわ！」

日に怒りの涙を光らせて、ジニーがわめく。

「家族みんながここにいるのに、様子がわからないまま家で一人で待っているなんて、耐えられない。それに――」

ジニーの目が、はじめてハリーの目と合う。ジニーはすがるようにハリーを見たが、ハリーは首を横に振る。ジニーは悔しそうに顔を背ける。

「いいわ」

ホッグズ・ヘッドにもどるトンネルの入口を見つめながら、ジニーが言う。

「それじゃ、もう、さよならを言うわ、そして――」

あわてて走ってくる気配、ドシンという大きな音。トンネルをよじ登って出てきただれかが、勢い余って倒れている。一番手近の椅子にすがって立ち上がったその人物は、ずれた角縁メガネを通してまわりを見回している。

「遅すぎたかな？　もう始まったのか？　たったいま知ったばかりで、それで僕――僕――」

パーシーは、口ごもって黙り込む。家族のほとんどがいるところに飛び込むとは、予想だにしていなかったらしい。互いに驚きのあまり、長い沈黙が続く。やがてノラ－がルーピンに話しかけた。緊張を和らげようとする、突拍子もない見え透いた一言だ。

「それで――ちーさなテディはお元気でーすか？」

ルーピンは不意を衝かれて、目を瞬かせる。ウィーズリー一家に流れる沈黙は、氷のように固まっていく。

「私は――ああ、うん――あの子は元気だ！」ルーピンは大きな声で答える。「そう、トンクスが一緒だ――トンクスの母親のところで」

パーシーとウィーズリー一家は、まだ凍りついたまま見つめ合っている。

「ほら、写真がある！」

ルーピンは、上着の内側から写真を一枚取り出して、フラーとハリーに見せる。ハリーが覗くと、明るいトルコ石色の前髪をした小さな赤ん坊が、むっちりした両手のにぎり拳をカメラに向けて振っていた。

「僕はばかだった！」パーシーが吠えるように言った。あまりの大声に、ルーピンは手にした写真を落としかける。「僕は愚か者だ、気取ったまぬけだった。僕は、あの――あの――」

「魔法省好きの、家族を棄てた、権力欲の強い、大ばかやろう」フレッドが言う。

パーシーはごくりと唾を飲む。

「そう、そうだった！」

「まあな、それ以上正当な言い方はできないだろう」

フレッドが、パーシーに手を差し出す。

ウィーズリーおばさんはわっと泣き出してパーシーに駆け寄り、フレッドを押し退(の)けて、パーシーを絞め殺さんばかりに抱きしめる。パーシーは母親の背中をポンポンたたきながら、父親を見る。

「父さん、ごめんなさい」パーシーが謝る。

ウィーズリーおじさんはしきりに目を瞬(しばたた)かせ、急いで近寄って息子を抱いた。

「いったいどうやって正気にもどった、パース？」ジョージが聞く。

「しばらく前から、少しずつ気づいていたんだ」

旅行マントの端で、メガネの下の目を拭(ぬぐ)いながら、パーシーが答える。

「だけど、抜け出す方法がなかなか見つけられなかった。魔法省ではそう簡単にできることじゃない。裏切り者は次々投獄されているんだ。僕、アバーフォースとなんとか連絡が取れて、つい十分前に彼が、ホグワーツが一戦交えるところだと密かに知らせてくれた。それで駆けつけたんだ」

「さあ、こんな場合には、監督生(かんとくせい)たちが指揮を執ることを期待するね」ジョージが、パーシーのもったいぶった態度を見事にまねる。「さあ、諸君、上に行って戦おうじゃないか。さもないと大物の死喰い人は全部、だれかに取られてしまうぞ」

「じゃあ、君は、僕の義姉さんになったんだね？」

ビル、フレッド、ジョージと一緒に階段に急ぎながら、パーシーはフラーと握手をする。

「ジニー！」ウィーズリーおばさんが大声を上げる。

ジニーは、仲直りのどさくさにまぎれて、こっそり上にあがろうとしていた。

「モリー、こうしたらどうだろう？」ルーピンが提案する。「ジニーはこの部屋に残る。そうすれば、現場にいることになるし、なにが起こっているかわかる。しかし、戦いのただ中には入らない」

「私は――」

「それはいい考えだ」

ウィーズリーおじさんが、きっぱりと言った。

「ジニー、おまえはこの『部屋』にいなさい。わかったね？」

ジニーは、あまりいい考えだとは思えないようだったが、父親のいつになく厳しい目に出会っては、うなずくしかない。ウィーズリー夫妻とルーピンも、階段に向かう。

「ロンはどこ？」ハリーが聞く。「ハーマイオニーは？」

「もう、大広間に行ったにちがいない」

ウィーズリーおじさんが振り向きながら、ハリーに答える。

「くる途中で二人に出会わなかったけど」ハリーが返す。

「二人は、トイレがどうとか言ってたわ」ジニーが言う。「あなたが出ていって間もなくよ」

「トイレ？」

ハリーは、「必要の部屋」から外に向かって開いているドアまで急いで歩き、トイレの中を確かめた。空っぽだ。

「ほんとにそう言ってた？　トイ――？」

そのとき、傷痕が焼けるように痛み、「必要の部屋」が消え去って、ハリーは高い錬鉄の門から中を見ていた。

両側の門柱には羽の生えたイノシシが立っている。暗い校庭を通して城を見ると、煌々と明かりが点いていた。ナギニが両肩にゆったりと巻きついている。彼は、殺人の前に感じる、あの冷たく残忍な目的意識に憑かれていた。

第31章　ホグワーツの戦い

魔法のかかった大広間の天井は暗く、星が瞬(またた)いている。その下の四つの寮の長テーブルには、髪も服もくしゃくしゃな寮生たちが、あるいは旅行マントを着て、あるいは部屋着のままで座っている。ホグワーツのゴーストたちが、あちこちで白い真珠のように光っている。死んでいる目も生きた目も、すべてマクゴナガル教授を見つめていた。教授は、大広間の奥の一段高い壇上で話し、その背後にはパロミノのケンタウルス、フィレンツェを含む、学校に踏み止(とど)まった教師たちと、戦いに馳(は)せ参じた不死鳥の騎士団のメンバーが立っている。

「……避難を監督するのはフィルチさんとマダム・ポンフリーです。監督生(かんとくせい)は、私が合図したら、それぞれの寮をまとめて指揮を執り、秩序を保って避難地点まで移動してください」

生徒の多くは恐怖ですくんでいたが、ハリーが壁伝いに移動しながらロンとハーマイオニーを探してグリフィンドールのテーブルを見回していると、ハッフルパフのテーブルから、アーニー・マクミランが立ち上がってさけんだ。

「でも、残って戦いたい者はどうしますか？」

バラバラと拍手がわく。

「成人に達した者は、残ってもかまいません」マクゴナガル教授が告げた。

「持ち物はどうなるの？」レイブンクローのテーブルから女子が声を張り上げる。

「トランクやふくろうは？」

「持ち物をまとめている時間はありません」マクゴナガル教授が言った。「大切なのは、みなさんをここから無事避難させることです」

「スネイプ先生はどこですか？」スリザリンのテーブルから女子が声を上げた。

「スネイプ先生は、俗な言葉で言いますと、とんずらしました」

マクゴナガル教授の答えに、グリフィンドール、ハッフルパフ、レイブンクローの寮生たちから大歓声が上がる。

ハリーは、ロンとハーマイオニーを探しながら、グリフィンドールのテーブルに沿って奥に進む。ハリーが通り過ぎると寮生が振り向き、通り過ぎたあとにはいっせいにささやき声がわき起こる。

「城の周囲には、すでに防御が施されています」

マクゴナガル教授が話し続けている。

「しかし、補強しないかぎり、あまり長くは持ちこたえられそうにもありません。ですから、みなさん、迅速かつ静かに移動するように。そして監督生の言うことをよく聞いて――」

マクゴナガル教授の最後の言葉は、大広間中に響き渡る別の声にかき消されてしまう。かん高い、冷たい、はっきりした声だ。どこから聞こえてくるのかはわからない。周囲の壁そのものから出てくるように思える。かつてその声が呼び出したあの怪物のように、声の主は何世紀にもわたってそこに眠っていたかのようだ。

「おまえたちが、戦う準備をしているのはわかっている」

生徒の中から悲鳴が上がり、何人かは互いにすがりつきながら、声の出所はどこかと怯えてまわりを見回す。

「なにをしようがむだなことだ。俺様には敵わぬ。おまえたちを殺したくはない。ホグワーツの教師に、俺様は多大な尊敬を払っているのだ。魔法族の血を流したくはない」

大広間が静まり返る。鼓膜を押しつける静けさ、四方の壁の中に封じ込めるには大きすぎる静けさだ。

「ハリー・ポッターを差し出せ」

沈黙の後、ふたたびヴォルデモートの声が言う。

「そうすれば、だれも傷つけはせぬ。ハリー・ポッターを、俺様に差し出せ。そうすれば、学校には手を出さぬ。ハリー・ポッターを差し出せ。そうすれば、おまえたちは報われる」

「午前零時まで待ってやる」

またしても、沈黙が全員を飲み込む。その場の顔という顔が振り向き、目という目がハリーに注がれる。ぎらぎらした何千本もの見えない光線が、ハリーをその場に釘づけにしているようだ。やがてスリザリンのテーブルからだれかが立ち上がり、震える腕を上げてさけんだ。

「あそこにいるじゃない！　ポッターはあそこよ！　だれかポッターを捕まえて！」

パンジー・パーキンソンだ。

ハリーが口を開くより早く、周囲がどっと動いた。ハリーの前のグリフィンドール生が全員、ハリーに向かってではなく、スリザリン生に向かって立ちはだかる。次にハッフルパフ生が立ち、ほとんど同時にレイブンクロー生も立つ。全員がハリーに背を向け、パンジーに対峙して、あちらでもこちらでもマントや袖の下から杖を抜いている。ハリーは感激し、厳粛な思いに打たれた。

「どうも、ミス・パーキンソン」

マクゴナガル教授が、きっぱりと一蹴する。

「あなたは、フィルチさんと一緒に、この大広間から最初に出ていきなさい。ほかのスリザリン生は、そのあとに続いて出てください」

ハリーの耳に、ベンチが床をこする音に続いて、スリザリン生が大広間の反対側からぞろぞろと出ていく音が聞こえる。

「レイブンクロー生、続いて！」マクゴナガル教授が声を張り上げた。

四つのテーブルから次第に生徒がいなくなる。スリザリンのテーブルには完全に一人もいなくなったが、レイブンクロー生が列をなして出ていったあとには、高学年の生徒の何人かが残り、ハッフルパフのテーブルにはさらに多くの生徒が残った。グリフィンドール生は大半が席に残り、マクゴナガル教授が壇から降りて、未成年のグリフィンドール生を追い立てなければならないほどだった。

「絶対にいけません、クリービー、行きなさい！　ピークス、あなたもです！」

ハリーは、グリフィンドールのテーブルにまとまっているウィーズリー一家のところに急ぐ。

「ロンとハーマイオニーは？」

「見つからなかったのか――？」ウィーズリーおじさんが心配そうな顔をする。

しかし、おじさんの言葉はそこで途切れた。キングズリーが壇に進み出て、残った生徒たちに説明をはじめたのだ。

「午前零時まであと三十分しかない。すばやく行動せねばならない！　ホグワーツの教授陣と不死鳥の騎士団との間で戦略の合意ができている。フリットウィック、スプラウトの両先生とマクゴナガル先生は、戦う者たちのグループを最も高い三つの塔に連れていく――レイブンクローの塔、天文台、そしてグリフィンドールの塔だ――見通しがよく、呪文をかけるには最高の場所だ。一方、リーマスと――」キングズリーは、ルーピンを指す。「アーサー」今度は、グリフィンドールのテーブルにいるウィーズリーおじさんを指す。「そして私の三人だが、いくつかのグループを連れて校庭に出る。さらに、外への抜け道だが、学校側の入口の防衛を組織する人間が必要だ――」

「――どうやらおれたちの出番だぜ」

フレッドが、自分とジョージを指さして名乗り出る。キングズリーがうなずいて同意する。

「よし、リーダーたちはここに集まってくれ。軍隊を分ける！」

「ポッター」

生徒たちが指示を受けようと壇上に殺到して、押し合いへし合いしている中を、マクゴナガル教授が急ぎ足でハリーに近づいてくる。

「なにか探し物をするはずではないのですか？」

「えっ？　あ――」ハリーが声を上げる。「あっ、そうです！」

ハリーは、分霊箱(ぶんれいばこ)のことをすっかり忘れていた。この戦闘が、ハリーがそれを探すために組織されているということを忘れるところだ。ロンとハーマイオニーの謎の不在が、他のことを一時的に頭から追い出してしまっていた。

「さあ、行くのです。ポッター、行きなさい！」

「はい――ええ――」

目という目が自分を追っているのを感じながら、ハリーは大広間から走り出し、避難中の生徒たちでまだごった返している玄関ホールに出る。生徒たちの群れに流されるままに、ハリーは大理石の階段を上り、上り切ったところからは、人気のない廊下に沿って急いだ。緊迫した恐怖感で、ハリーの思考は鈍っている。ハリーは気を落ち着かせて、分霊箱を見つけることに集中しようとした。しかし頭の中は、ガラス容器に囚われたスズメバチのように虚しくブンブンうなるばかり。助けてくれるロンとハーマイオニーがいないと、どうも考えがまとまらない。ハリーは、だれもいない廊下の中ほどで歩調を緩めて立ち止まり、主のいなくなった像の台座に腰掛けて、首にかけた巾着(きんちゃく)から「忍びの地図」を取り出す。ロンとハーマイオニーの名前は、地図のどこにも見当たらない。もっともいまは、「必要の部屋」に向かう群れの点がびっしりとついているので、二人の点が埋もれている可能性もある。ハリーは、地図を巾着にしまい、両手に顔を埋めて目を閉じ、集中しようとした……。

ヴォルデモートは、僕がレイブンクローの塔に行くだろうと考えた。そうだ。確固たる事実、そこが出発点だ。ヴォルデモートは、アレクト・カローをレイブンクローの談話室に配備した。そのわけはただ一つ。ヴォルデモートは、分霊箱がその寮に関係していると、すでにハリーが知っていることを恐れたのだ。

レイブンクローとの関連で考えられる唯一の品は、失われた髪飾りらしい……だが、その髪飾りが分霊箱になりえたのだろうか？　レイブンクロー生でさえ、何世代にもわたって見つけられなかったその髪飾りを、スリザリン生であるヴォルデモートが見つける？　そんなことがありうるだろうか？　どこを探せばよいかを、いったいだれが教えたのだろう？　生きている者の記憶にあるかぎりでは、だれも見たものはないというのに？

生きている者の記憶……。

ハリーは、両手で覆っていた目をぱっと見開く。そして勢いよく台座から立ち上がり、最後の望みをかけて、いまきた道を矢のように駆けもどる。大理石の階段に近づくにつれて、「必要の部屋」に向かって行進する何百人もの足音が次第に大きくなってくる。監督生が大声で指示を出し、自分の寮の生徒たちをしっかり取り仕切ろうとしている。どこもかしこも、押し合いへし合いだ。ザカリアス・スミスが、一年生を押し倒して列の前に行こうとしているのが見える。あちこちで低学年の子供たちが泣き、高学年の生徒たちは必死になって友達や弟妹の名前を呼んでいる。

ハリーは白い真珠のような姿が、下の玄関ホールに漂っているのを見つけ、騒がしさに負けないように声を張り上げて呼ぶ。

「ニック！　ニック！　君と話がしたいんだ！」

ハリーは生徒の流れに逆らって進み、やっとのことで階段下にたどり着く。グリフィンドール塔のゴースト、「ほとんど首無しニック」が、そこに浮かんでハリーを待っていた。

「ハリー、お懐かしい！」ニックは両手でハリーの手をにぎろうとする。ハリーの両手は、氷水に突っ込んだようになる。

「ニック、どうしても君の助けが必要なんだ。レイブンクローの塔のゴーストはだれ？」

「ほとんど首無しニック」は、驚くと同時に、ちょっとむっとした顔になる。

「むろん、『灰色のレディ』ですよ。しかし、なにかゴーストでお役に立つことをお望みなのでしたら――？」

「そのレディじゃないとだめなんだ――どこにいるか知ってる？」

「さよう……」

群れをなして移動する生徒の頭上をじっと見ながら、ニックがあちらこちらと向きを変える。ひだ襟の上で首が少しぐらぐらしている。

「あそこにいるのがそのレディです、ハリー。髪の長い、あの若い女性です」

ニックの透明な人差し指の示す先に、背の高いゴーストの姿が見えた。しかし、レディはハリーが見ていることに気づくと眉を吊り上げ、固い壁を通り抜けて行ってしまう。

ハリーは追いかけた。消えたレディを追って、ハリーも扉を通って廊下に出る。その通路の一番奥を、すいすい滑りながら離れていくレディが見えた。

「おーい――待って――もどってくれ！」

レディは、床から十数センチのところに浮かんだまま、止まってくれた。腰まで届く長い髪に、足元までの長いマントを着たレディは、美しかった。しかし同時に、傲慢で気位が高いようにも思えた。近づいてみると、話をしたことこそないが、ハリーが何度か廊下ですれちがったことのあるゴーストだ。

「あなたが『灰色のレディ』ですか？」

レディはうなずくが、口はきかない。

「レイブンクローの塔のゴーストですか？」

「そのとおりです」無愛想な答え方だ。

「お願いです。力を貸してください。失われた髪飾りのことで教えていただけることがあったら、なんでもかまいません、知りたいのです」

レディの口元に、冷たい微笑が浮かぶ。

「お気の毒ですが」レディは立ち去りかける。「それはお助けできませんわ」

「待って！」

さけぶつもりはなかったのに、怒りと衝撃に打ちのめされそうになっていたハリーは、大声を出した。レディは止まって、ふわふわとハリーの前に浮かぶ。腕時計に目をやると、午前零時まであと十五分しかない。

「急を要することなんだ」ハリーは激しい口調で言う。「もしその髪飾りがホグワーツにあるなら、僕は探し出さなければならない。いますぐに」

「髪飾りを欲しがった生徒は、あなたがはじめてではない」レディは蔑(さげす)むように言い放つ。「何世代にもわたって、生徒たちがしつこく聞いた――」

「よい成績を取るためなんかじゃない！」

ハリーはレディに食ってかかる。

「ヴォルデモートにかかわることなんだ――ヴォルデモートを打ち負かすためなんだ――それとも、そんなことには、あなたは関心がないのですか？」

レディは赤くなることはできなかったが、透明の頬が半透明になり、答える声が熱を帯びてくる。

「もちろんありますわ――なぜ、ないなどと――?」

「それなら、僕を助けて!」

レディの取り澄ました態度が乱れてきた。

「それ――それは、そういう問題ではなく――」レディが言いよどむ。「私の母の髪飾りは――」

「あなたのお母さんの?」

レディは、自分に腹を立てているようだ。

「生ありしとき」レディは堅苦しく名乗る。「私は、ヘレナ・レイブンクローでした」

「あなたがレイブンクローの娘? でも、それなら、髪飾りがどうなったのか、ご存知のはずだ!」

「髪飾りは、知恵を与える物ではあるが――」

レディは、明らかに落ち着きを取りもどそうと努力している。

「果たしてそれが、あなたにとって、『あの人』を倒す可能性を大いに高める物かどうかは疑問です。自らを『卿』と呼ぶ、あのヴォ――」

「さっき言ったはずだ！　僕はその髪飾りをかぶるつもりはない！」

ハリーは激しい口調で訴える。

「説明している時間はない——でも、あなたがホグワーツのことを気にかけているなら、もしヴォルデモートが滅ぼされることを願っているなら、その髪飾りについてなんでもいいからご存知のことを、話してください！」

レディは宙に浮いたままハリーを見下ろし、じっとしていた。失望感がハリーを飲み込む。もしレディがなにか知っているのなら、フリットウィックかダンブルドアに話していたはずだ。二人とも、レディにハリーと同じ質問をしたにちがいないのだから。ハリーは頭を振って、踵を返しかける。そのとき、レディが小さな声で言った。

「私は、母からその髪飾りを盗みました」

「あなたが——なにをしたんですって？」

「私は髪飾りを盗みました」

ヘレナ・レイブンクローがささやくように繰り返す。

「私は、母よりも賢く、母よりも重要な人物になりたかった。私はそれを持って逃げたのです」

ハリーは、なぜ自分がレディの信頼を勝ち得たのかわからない。だが、理由を聞くのはやめた。ただ、レディが話し続けるのを、聞き漏らすまいと耳を傾ける。

「母は、髪飾りを失ったことをけっして認めず、まだ自分が持っているふりをしたと言われています。髪飾りがなくなったことも、私の恐ろしい裏切りのことも、ホグワーツの他の創始者たちにさえ秘密にしたのです」

「やがて母は病気になりました――重い病でした。私の裏切り行為にもかかわらず、母はどうしてももう一度だけ私に会いたいと、ある男に私を探させました。かつて私は、その男の申し出を撥ねつけたのですが、ずっと私を恋した男です。その男なら、私を探し出すまではけっしてあきらめないと、母は知っていたのです」

ハリーは黙って待つ。レディは深く息を吸い、ぐっと頭をそらせる。

「その男は、私が隠れていた森を探し当てました。私が一緒に帰ることを拒むと、その人は暴力を振るいました。あの男爵は、かっとなりやすい性質でしたから、私に断られて激怒し、私が自由でいることを嫉妬して、私を刺したのです」

「あの男爵？　もしかして――？」

「『血みどろ男爵』。そうです」

灰色のレディは、着ているマントを開いて、白い胸元に一か所黒く残る傷痕を見せる。

「自分のしてしまったことを目のあたりにして、男爵は後悔に打ちひしがれ、私の命を奪った凶器を取り上げて、自らの命を絶ちました。この何世紀というもの、男爵は悔悟の証に鎖を身につけています……当然ですわ」

レディは、最後の一言を、苦々しくつけ加えた。

「それで……髪飾りは？」

「私を探して森をうろついている男爵の物音を聞いて、私がそれを隠した場所に置かれたままです。木の虚です」

「木の虚？」ハリーが繰り返す。「どの木ですか？　どこにある木ですか？」

「アルバニアの森です。母の手が届かないだろうと考えた、寂しい場所です」

「アルバニア」

ハリーはまた繰り返した。混乱した頭に、奇跡的に閃くものがある。レディが、ダンブルドアにもフリットウィックにも話さなかったことを、なぜハリーに打ち明けたのかが、いまこそわかった。

「この話を、だれかにしたことがあるのですね？　別の生徒に？」

レディは目を閉じてうなずく。

「私は……わからなかったのです……あの人が……お世辞を言っているとは。あの人は、まるで……理解してくれたような……同情してくれたような……」

そうなのだ、とハリーは思う。トム・リドルなら、自らには所有権のない伝説の品物を欲しがるヘレナ・レイブンクローの気持ちを、たしかに理解したことだろう。

「ええ、リドルが言葉巧みに秘密を引き出した相手は、あなただけではありません」

ハリーはつぶやくように言う。

「あいつは、その気になれば、魅力的になれた……」

そうやって、ヴォルデモートはまんまと、「灰色のレディ」から、失われた髪飾りの在り処を聞き出したんだ。遠く離れたその森まで旅をして、隠し場所から髪飾りを取りもどしたんだ。おそらくホグワーツを卒業してすぐ、ボージン・アンド・バークスで働きはじめるより前だったろう。

それに、その隔絶されたアルバニアの森は、それから何年もあとになって、ヴォルデモートが十年もの長い間、目立たず、邪魔されずに潜む場所が必要になったとき、すばらしい避難場所に思えたのではないだろうか？

しかし、髪飾りがいったん貴重な分霊箱になってからは、そんなありきたりの木に放置されていたわけではない……ちがう。髪飾りは密かに、本来あるべき場所にもどされたのだ。ヴォルデモートがもどしたにちがいない――。

「――ヴォルデモートが就職を頼みにきた夜だ！」ハリーは推理し終わる。

「え？」

「あいつは、髪飾りを城に隠した。学校で教えさせて欲しいと、ダンブルドアに頼みにきた夜に！」

声に出して言ってみることで、ハリーにはすべてがはっきりわかった。

「あいつは、ダンブルドアの校長室に行く途中か、そこから帰る途中で、髪飾りを隠したにちがいない！　ついでに、教職を得る努力をしてみる価値はあった――それがうまくいけば、グリフィンドールの剣も手に入れるチャンスができたかもしれなかったから――ありがとう。ありがとう！」

当惑し切った顔で浮かんでいるレディをそこに残したまま、ハリーはその場を離れた。玄関ホールにもどる角を曲がった際、ハリーは腕時計を確かめる。午前零時まであと五分。最後の分霊箱がなにかはわかったものの、それがどこにあるかは、相変わらずさっぱりわからない……。

何世代にわたって、生徒が探しても見つけられなかったということは、たぶん髪飾りはレイブンクローの塔にはない――しかし、そこにないなら、どこだ？　永久に秘密であり続けるような場所として、トム・リドルは、ホグワーツ城にどんな隠し場所を見つけたのだろう？

必死に推理しながらハリーは角を曲がったが、その廊下を二、三歩も歩かないうちに、左側の窓が大音響とともに割れて開いた。ハリーが飛び退くと同時に、窓から巨大な体が飛び込んできて反対側の壁にぶつかる。なんだか大きくて毛深いものが、キュンキュン鳴きながら到着したばかりの巨体から離れて、ハリーに飛びついてくる。

「ハグリッド！」

ひげモジャの巨体が立ち上がったのを見て、ハリーは、じゃれつくボアハウンド犬のファングを引き離そうと苦戦しながら、大声で呼びかける。

「いったい――？」

「ハリー、ここにいたか！　無事だったんか！」

ハグリッドは身をかがめて、肋骨（ろっこつ）が折れそうな力で、ちょっとだけハリーを抱きしめ、それから大破した窓辺にもどる。

「グロウピー、いい子だ！」

ハグリッドは窓の穴から大声で呼ばわった。

「すぐ行くからな、いい子にしてるんだぞ！」

ハグリッドの向こうの夜の闇に、炸裂する遠い光が見え、不気味な、泣きさけぶような声が聞こえる。時計を見ると、午前零時を指している。戦いは始まっていた。

「おーっ、ハリー」

ハグリッドが喘（あえ）ぎながら言う。

「ついにきたな、え？　戦うときだな？」

「ハグリッド、どこからきたの？」

「洞穴（ほらあな）で、『例のあの人』の声を聞いてな」ハグリッドが深刻な声で言う。「遠くまで響く声だったろうが？　『ポッターを俺様に差し出すのを、午前零時まで待ってやる』。そんで、おまえさんがここにいるにちげえねえってわかった。なにがおっぱじまっているかがわかったのよ。ファング、こら、離れろっちゅうに。そんで、加わろうと思ってやってきた。おれとグロウピーとファングとでな。森を通って境界を突破したっちゅうわけよ。グロウピーが、おれとファングを運んでな。あいつに、城で降ろしてくれっちゅうたら、窓からおれを突っ込んだ。まったく。そういう意味じゃあなかったんだが。ところで――ロンとハーマイオニーはどこだ？」

「それは――」ハリーが言葉に詰まる。「いい質問だ。行こう」

二人は廊下を急いだ。ファングはその傍らを飛び跳ねながら従いてくる。廊下という廊下から、人の動き回る音が聞こえてくる。走り回る足音、さけび声。窓からは、暗い校庭にまた何本もの閃光が走るのが見える。

「どこに行くつもりだ？」

ハリーのすぐ後ろからドシンドシンと床板を震わせて急ぎながら、ハグリッドが息を切らして聞く。

「はっきりわからないんだ」

ハリーは、行き当たりばったりに廊下を曲がりながら、言った。

「でも、ロンとハーマイオニーは、どこか、このあたりにいるはずだ」

戦いの最初の犠牲者が、すでに行く手の通路に散らばっていた。いつも職員室の入口を警護していた一対の石のガーゴイル像が、壊れた窓から流れてきた呪いに破壊され、残骸が床でぴくぴくと力なく動いている。ハリーが胴体から離れた首の一つを飛び越えると、首が弱々しくうめいた。

「ああ、おれにかまわずに……ここでバラバラのまま横になっているから……」

その醜い顔が、突然、ゼノフィリウスの家で見たロウェナ・レイブンクローの大理石の胸像を思い出させる。あのばかばかしい髪飾りをつけた像――それから、白い巻き毛の上に石の髪飾りをつけた、レイブンクローの塔の像……。

そして、廊下の端まできたときに、三つ目の石の彫像の記憶が蘇ってくる。あの年老いた醜い魔法戦士の像……その頭にハリー自身が鬘をかぶせ、その上に古い黒ずんだティアラを置いた――。ファイア・ウィスキーを飲んだような熱い衝撃が体を貫き、ハリーは転びかける。

ついにハリーは、自分を待ち受けている分霊箱の在り処を知った……。

だれも信用せず、一人で事を運んだトム・リドルは、傲慢にも、自分だけがホグワーツ城の奥深い神秘に入り込むことができると思ったのだろう。もちろん、ダンブルドアやフリットウィックのような模範生は、あのような場所に足を踏み入れることはないかもしれない。しかし、この自分は、学校のだれもが通る道から外れたところをさまよった――ここに、ハリーとヴォルデモートだけが知る秘密がある。ダンブルドアが見つけることのなかった秘密を、とうとうハリーは見つけたのだ――。

ネビルと、ほかに六人ほどの生徒を連れて嵐のように走り去るスプラウト先生に追い越されて、ハリーは我に返る。全員が耳当てをつけ、大きな鉢植え植物のような物を抱えている。

「マンドレイクだ！」

走りながら振り返ったネビルが、大声で言う。

「こいつを城壁越しにあいつらにお見舞いしてやる――きっといやがるぞ！」

どこに行くべきかがわかったハリーは、全力で走った。その後ろを、ハグリッドとファングが早駆けで従いてくる。次々と肖像画の前を通り過ぎたが、絵の主たちもハリーたちと一緒に走っていた。肖像画の魔法使いや魔女たちが、ひだ襟や中世の半ズボン姿で、あるいは鎧やマント姿で、互いのキャンバスになだれ込んではぎゅう詰めになり、城のあちこちでなにが起きているかを大声で知らせ合っている。その廊下の端までできたとき、城全体が揺れた。大きな花瓶が、爆弾の炸裂するような力で台座から吹き飛ばされるのを見て、ハリーは、先生たちや騎士団のメンバーがかけた呪文より破壊的で不吉な呪いが、城をとらえたことを悟る。

「大丈夫だ、ファング――大丈夫だっちゅうに！」

ハグリッドがさけぶが、図体ばかりがでかいボアハウンド犬は、花瓶の破片が榴散弾のように降ってくる中を、一目散に逃げ出した。ハグリッドは怖気づいた犬を追って、ハリー一人を残し、ドタドタと走り去る。

ハリーは杖を構え、揺れる通路を押し進んだ。その廊下の端から端まで、小柄な騎士の絵のカドガン卿が、鎧をガチャつかせ、ハリーへの激励の言葉をさけびながら、絵から絵へと走り込んで従いてくる。カドガン卿のあとからは、太った小さなポニーがトコトコと駆けてきた。

「ほら吹きにゴロツキめ、犬に悪党め、追い出せ、ポッター、追いはらえ！」

廊下の角をすばやく曲がったところで、フレッドと、リー・ジョーダン、ハンナ・アボットらの少数の生徒たちが、城に続く秘密の抜け穴を隠している像の、主のいない台座のそばに立っているのを見つけた。全員が杖を抜き、隠された穴の物音に耳を澄ましている。

「打ってつけの夜だぜ！」

城がまた揺れたとき、フレッドがさけんだ。ハリーは高揚感と恐怖が交じり合った気持ちで、その傍らを駆け抜ける。次の廊下を全力疾走しているときに、あたりがふくろうだらけになった。ミセス・ノリスが威嚇的な鳴き声を上げながら、前足でたたき落そうとしている。ふくろうを収まるべき場所にもどそうとしていたにちがいない……。

「ポッター！」

アバーフォース・ダンブルドアが、杖を構えて、行く手に立ち塞がっている。

「おれのパブを、何百人という生徒が雪崩を打って通っていったぞ、ポッター！」

「知っています。避難したんです」ハリーが答える。「ヴォルデモートが――」

「――襲撃してくる。おまえを差し出さなかったから。うん」

アバーフォースが言う。

「耳が聞こえないわけじゃないからな。ホグズミード中があいつの声を聞いた。しかし、スリザリンの生徒を二、三人、人質に取ろうとは、だれも考えなかったのか？無事に逃がした子の中には、死喰い人の子供たちもいる。何人か、ここに残しておくほうが利口だったのじゃないか？」

「そんなことで、ヴォルデモートを止められはしない」ハリーが答えた。「それに、あなたのお兄さんなら、そんなことはけっしてしなかったでしょう」

アバーフォースは〝ふん〟とうなって、急いでハリーと反対方向に去っていく。

あなたのお兄さんなら、そんなことはけっしてしなかった……そう、それは本当のことだ。ハリーはふたたび走り出しながら、そう思う。長年スネイプを擁護してきたダンブルドアだ。生徒を人質に取るなど、けっしてしなかっただろう……。

最後の曲り角を横滑りしながら曲がったとたん、ロンとハーマイオニーが目に入った。安心感と怒りで、ハリーはさけび声を上げた。二人とも両腕一杯に、なにか大きくて曲がった汚い黄色い物を抱え、ロンは箒を小脇に抱えている。

「いったい、どこに消えていたんだ？」ハリーがどなる。

「『秘密の部屋』」ロンが答える。

「秘密の——えっ？」

二人の前でよろけながら急停止して、ハリーが聞き返す。

「ロンなのよ。全部ロンの考えよ！」

ハーマイオニーが、息をはずませながら言った。

「とってもすごいと思わない？　あなたが出ていってから、私たちあの『部屋』に残っていて、私がロンに言ったの。ほかの分霊箱を見つけても、どうやって壊すの？　まだカップも片付けていないわ！　そう言ったの。そしたらロンが思いついたのよ！　バジリスク！」

「いったいどういう——？」

「分霊箱を破壊するためのものさ」ロンがさらりと言う。

ハリーは、ロンとハーマイオニーが両腕に抱えているものに目を落とす。死んだバジリスクの頭蓋からもぎ取った、巨大な曲がった牙だ。

「でも、どうやってあそこに入ったんだ？」

ハリーは、牙(きば)とロンを交互に見つめながら聞く。

「蛇語を話さなきゃならないのに！」

「話したのよ！」ハーマイオニーがささやくように答える。「ロン、ハリーにやってみせて！」

ロンは、恐ろしい、喉(のど)の詰まるようなシューシューという音を出す。

「君がロケットを開けるとき、こうやったのさ」ロンは申し訳なさそうに言う。「ちゃんとできるまでに、何回か失敗したけどね、でも」ロンは謙遜して肩をすくめる。

「僕たち、最後にはあそこに着いたのさ」

「ロンはすーばらしかった！」ハーマイオニーが褒(ほ)める。「すばらしかったわ！」

「それで……」なんとか話に追いていこうと努力しながら、ハリーが促す。「それで……」

「それで、分霊箱(ぶんれいばこ)、もう一丁上がりだ」

そう言いながらロンは、上着の中から壊れたハッフルパフのカップの残骸を引っ張り出す。

「ハーマイオニーが刺したんだ。彼女がやるべきだと思ったのさ。ハーマイオニーは、まだその楽しみを味わってなかったからね」

「すごい！」ハリーがさけぶ。

「たいしたことはないさ」

そう言いながらも、ロンは得意げだ。

「それで、君のほうは、なにがあった？」

その言葉が終わらないうちに、上のほうで爆発音がした。三人がいっせいに見上げると、天井から埃（ほこり）が落ちてくるのと同時に、遠くから悲鳴が聞こえた。

「髪飾りがどんな形をしていて、どこにあるかがわかった」

ハリーは早口で話す。

「あいつは、僕が古い魔法薬の教科書を隠した場所と、おんなじところに隠したんだ。何世紀にもわたって、みんなが隠し場所にしてきたところだ。あいつは、自分しかその場所を見つけられないと思ったんだ。行こう」

壁がまた揺れる。ハリーは先に立って隠れた入口から階段を下り、「必要の部屋」にもどった。三人の女性以外はだれもいない。ジニー、トンクス、それに、虫食いだらけの帽子をかぶった老魔女だ。ネビルのばあちゃんだと、ハリーはすぐにわかる。

「ああ、ポッター」

老魔女は、ハリーを待っていたかのように、てきぱきと呼びかけた。

「なにが起こっているか、教えておくれ」

「みんなは無事なの？」ジニーとトンクスが同時に聞く。

「僕たちの知っているかぎりではね」ハリーが答える。「『ホッグズ・ヘッド』への通路にはまだだれかいるの？」

ハリーは、だれかが部屋の中にいるかぎり、「必要の部屋」は様変わりすることができないことを知っている。

「わたくしが最後です」ミセス・ロングボトムが言う。「通路はわたくしが封鎖しました。アバーフォースがパブを去ったあとに、通路を開けたままにしておくのは賢明ではないと思いましたからね。わたくしの孫を見かけましたか？」

「戦っています」ハリーが言った。

「そうでしょうとも」老婦人は誇らしげに言う。「失礼しますよ。孫の助太刀に行かねばなりません」

ミセス・ロングボトムは、驚くべき速さで石の階段に向かって走り去った。

ハリーはトンクスを見る。

「トンクス、お母さんのところで、テディと一緒のはずじゃなかったの？」

「あの人の様子がわからないのに、耐えられなくて——」

トンクスは苦渋を滲(にじ)ませながら答える。

「テディは、母が面倒をみてくれてるわ——リーマスを見かけた？」

「校庭で戦うグループを指揮する手はずだったけど――」

トンクスは、それ以上一言も言わずに走り去る。

「ジニー」ハリーが言う。「すまないけど、外に出ていて欲しいんだ。ほんの少しの間だ。そのあとでまたもどってきていいよ」

ジニーは、保護された場所から出られることが、うれしくてしかたがない様子をする。

「あとでまたもどってきていいんだからね！」

トンクスを追って駆け上がっていくジニーの後ろ姿に向かって、ハリーがさけぶ。

「もどってこないといけないよ！」

「ちょっと待った！」ロンが鋭い声を上げた。「僕たち、だれかのことを忘れてる！」

「だれ？」ハーマイオニーが聞く。

「屋敷しもべ妖精たち。全員下の厨房にいるんだろう？」

「しもべ妖精たちも、戦わせるべきだっていうことか？」ハリーが聞く。

「ちがう」ロンがまじめに言う。「脱出するように言わないといけないよ。ドビーの二の舞は見たくない。そうだろ？　僕たちのために死んでくれなんて、命令できないよ――」

ハーマイオニーの両腕から、バジリスクの牙がバラバラと音を立てて落ちる。ロンに駆け寄り、その両腕をロンの首に巻きつけて、ハーマイオニーはロンの唇に熱烈なキスをする。ロンも、持っていた牙と箒を放り投げ、ハーマイオニーの体を床から持ち上げてしまうほど夢中になって、キスに応えている。

「そんなことをしてる場合か？」

ハリーが力なく問いかける。しかし何事も起こらないどころか、ロンとハーマイオニーは、ますます固く抱き合ったままその場で体を揺らしている。しかたなく、ハリーは声を荒らげた。

「おい！　戦いの真っ最中だぞ！」

ロンとハーマイオニーは離れたが、両腕を互いに回し合ったままだ。

「わかってるさ」

ロンは、ブラッジャーで後頭部を強打されたばかりのような顔で言う。

「だからもう、いまっきりないかもしれない。だろ？」

「そんなことより、分霊箱はどうなる？」ハリーが声を張る。「悪いけど、君たち――髪飾りを手に入れるまで、がまんしてくれないか？」

「うん――そうだ――ごめん」ロンが言う。

ロンとハーマイオニーは、二人とも顔を赤らめて、牙を拾いはじめる。

三人が階段を上ってふたたび上の階に出てみると、「必要の部屋」にいた数分の間に、城の中の状況はかなり悪化したことが明らかだ。壁や天井は前よりひどく振動し、あたり一面は埃だらけ。一番近い窓から外を窺うと、緑と赤の閃光が城の建物のすぐ下で炸裂するのが見え、死喰い人たちが、いまにも城に入るところまで近づいている。見下ろすと、巨人のグロウプが、屋根からもぎ取ったらしい石のガーゴイルのようなものを振り回して、不機嫌に吠えながらうろうろ歩いていくのが見えた。

「グロウプが、何人か踏んづけるように願おうぜ！」

近くからまた何度か響いてきた悲鳴を聞きながら、ロンが言う。

「味方じゃなければね！」

だれかの声。ハリーが振り向くと、ジニーとトンクスが二人とも杖を抜き、隣の窓のところで構えている。窓ガラスが数枚なくなっている。ハリーが見ている間に、ジニーの呪いが、下の敵軍に正確に狙い定めて飛んでいく。

「娘さん、よくやった！」

埃の中からこちらに向かって走ってくる人が吠える。少人数の生徒を率い、白髪を振り乱して走り抜けていくアバーフォースの姿を、ハリーはふたたび目にした。

「どうやら敵は北の胸壁を突破しようとしているぞ！　敵側の巨人を引き連れているぞ！」

「リーマスを見かけた？」トンクスがアバーフォースの背に向かってさけぶ。

「ドロホフと一騎打ちしていた」アバーフォースがさけび返す。「そのあとは見ていない！」

「トンクス」ジニーが声をかける。「トンクス、ルーピンはきっと大丈夫——」

しかしトンクスはもう、アバーフォースを追って埃の中に駆け込んでいた。

ジニーは、途方に暮れたように、ハリー、ロン、ハーマイオニーを振り返る。

「二人とも大丈夫だよ」虚しい言葉だと知りながら、ハリーが慰めた。

「ジニー、僕たちはすぐもどるから、危ない場所から離れて、安全にしていてくれ——さあ、行こう！」

ハリーは、ロンとハーマイオニーに呼びかけ、三人は「必要の部屋」の前の壁まで駆けもどる。壁の向こう側で、「部屋」が次の入室者の願いを待っている。

僕は、すべての物が隠されている場所が必要だ。

ハリーは頭の中で部屋に頼み込む。三人が壁の前を三度走り過ぎたとき、忽然と扉が現れた。

三人が中に入って扉を閉めたとたん、戦いの騒ぎは消える。あたりは静まり返った。三人は、都市のような外観の、大聖堂のように広大な場所に立っていた。大昔からの、何千人という生徒たちが隠した品物が積み重なって、見上げるような壁になっている。

「それじゃ、あいつは、だれでもここに入れるとは考えなかったわけか？」

ロンの声が静寂の中で響く。

「あいつは自分一人だけだと思ったんだ」

ハリーが言う。

「僕の人生で、隠し物をしなくちゃならないときがあったというのが、あいつの運の尽きさ……こっちだ」

ハリーは二人を促す。

「こっちの並びだと思う……」

ハリーはトロールの剥製（はくせい）を通り過ぎ、ドラコ・マルフォイが去年修理して悲惨な結果をもたらした「姿をくらますキャビネット棚」の前を通る。そこから先は、ガラクタの間の通路を端から端まで見ながら迷ってしまった。次はどう行くのかが思い出せない……。

「アクシオ！　髪飾りよ、こい！」必死のあまり、ハーマイオニーが大声で唱えるが、三人に向かって飛んでくる物はなにもない。グリンゴッツの金庫と同じで、どうやらこの部屋は、隠してある品を、そうやすやすとは引き渡さないようだ。

「手分けして探そう」ハリーが二人に提案する。「老魔法戦士の石像を探してくれ。

鬘をかぶってティアラをつけているんだ！　戸棚の上に載っている像だ。絶対にこの近くなんだけど……」

三人は別かれて、それぞれ隣合せの通路へと急ぐ。そびえるガラクタの山の間に響く二人の足音が、ハリーの耳に入ってくる。瓶や帽子、木箱、椅子、本、武器、箒にバット……。

「どこかこの近くだ」

ハリーは、一人でぶつぶつつぶやく。

「このへんだ……このへん……」

以前に一度入ったときに、この部屋で見た覚えのある品物を探して、ハリーは次第に迷路の奥深くへと進んでいく。自分の呼吸がはっきり聞こえる。そして――魂そのものが震え出す――見つけた。すぐそこに、ハリーが古い魔法薬の教科書を隠した、表面がぼこぼこになった古い戸棚が見え、その上にあばた面の石像が、埃っぽい古い鬘をかぶり、とても古そうな黒ずんだティアラをつけている。

まだ三メートルほど先だったが、すでにハリーは手を伸ばしている。

そのとき、背後から声が上がる。

「止まれ、ポッター」

ハリーはどきりとして振り向いた。クラッブとゴイルが杖をハリーに向け、肩を並べて立っている。にやにや笑う二人の顔の間の小さな隙間に、ドラコ・マルフォイの姿が見える。

「おまえが持っているのは、僕の杖だぞ、ポッター」

クラッブとゴイルの間から、杖をハリーに向けて、マルフォイが言う。

「いまはちがう」

ハリーはサンザシの杖をぎゅっとにぎり、喘(あえ)ぎながら答える。

「勝者が杖を持つんだ、マルフォイ。おまえはだれから借りた？」

「母上だ」ドラコが言った。

別におかしい状況ではないのに、ハリーは笑う。ロンの足音もハーマイオニーの、もう聞こえない。髪飾りを探して、二人ともハリーの耳には届かない距離まで走っていってしまったらしい。

「それで、三人ともヴォルデモートと一緒じゃないのは、どういうわけだ？」

ハリーが問いかける。

「おれたちはご褒美(ほうび)をもらうんだ」

クラッブの声は、図体のわりに、驚くほど小さかった。ハリーはこれまで、クラッブが話すのをほとんど聞いたことがない。クラッブは、大きな菓子袋をやると約束された幼い子供のような笑いを浮かべている。

「ポッター、おれたちは残ったんだ。出ていかないことにした。おまえを『あの人』のところに連れていくことに決めた」

「いい計画だ」

ハリーは褒めるまねをして、からかう。あと一歩というときに、まさかマルフォイ、クラッブ、ゴイルに挫かれようとは。ハリーはじりじりと後ずさりし、石の胸像の頭にずれて載っている分霊箱に近づく。戦いが始まる前に、それを手に入れることさえできれば……。

「ところで、どうやってここに入った？」三人の注意を逸らそうとして、ハリーが聞く。

「僕は去年、ほぼ一年間『隠された品の部屋』に住んでいたようなものだ」マルフォイの声はぴりぴりしている。「ここへの入り方は知っている」

「おれたちは外の廊下に隠れていたんだ」ゴイルがぶうぶううなるような声で言う。「おれたちはもう、『目くろます術』ができるんだぞ！」ゴイルの顔が、まぬけなにやにや笑いになる。「そしたら、おまえが目の前に現れて、髪ぐさりを探してるって言った！　髪ぐさりってなんだ？」

「ハリー？」

突然ロンの声が、ハリーの右側の壁の向こうから響いてきた。

「だれかと話してるのか？」

鞭を振るような動きで、クラッブは十五、六メートルもある壁に杖を向ける。古い家具や壊れたトランク、古本やローブ、そのほかなんだかわからないガラクタが山のように積み上げられた壁だ。そしてさけぶ。

「ディセンド！　落ちろ！」

壁がぐらぐら揺れ出して、ロンのいる隣の通路に崩れ落ちかかる。

「ロン！」

ハリーが大声で呼ぶと、どこか見えないところからハーマイオニーの悲鳴が上がり、不安定になった山から壁の向こう側に大量に落下したガラクタが床に衝突する音が聞こえた。ハリーは杖を壁に向けてさけぶ。

「フィニート！　終われ！」

すると壁は安定する。

「やめろ！」

呪文を繰り返そうとするクラッブの腕を押さえて、マルフォイがさけんだ。

「この部屋を壊したら、その髪飾りとやらが埋まってしまうかもしれないんだぞ！」

「それがどうした？」クラッブは腕をぐいと振り解く。「闇の帝王が欲しいのはポッターだ。髪ぐさりなんか、だれが気にするってんだ？」

「ポッターは、それを取りにここにきた」

マルフォイは、仲間の血の巡りの悪さにいらいらを隠せない口調だ。

「だから、その意味を考えろ――」

「『意味を考えろ』だぁ？」

クラッブは狂暴性をむき出しにして、マルフォイに食ってかかる。

「おまえがどう考えようと、知ったことか？　ドラコ、おまえの命令なんかもう受けないぞ。おまえも、おまえの親父も、もうおしまいだ」

「ハリー？」ガラクタの壁の向こうから、またロンがさけぶ。「どうなってるんだ？」

「ハリー？」クラッブが口まねする。「どうなってるんだ？――動くな、ポッター！　クルーシオ！　苦しめ！」

ハリーはティアラに飛びついていた。クラッブの呪いはハリーを逸れたが、石像に当たり、石像が宙に飛ぶ。髪飾りは高く舞い上がり、石像が載っていたガラクタの山の中に落ちて見えなくなる。

「やめろ！」

マルフォイがクラッブをどなりつける。その声は、巨大な部屋に響き渡った。

「闇の帝王は、生きたままのポッターをお望みなんだ――」

「それがどうした？　いまの呪文は殺そうとしていないだろう？」

クラッブは、自分を押さえつけているマルフォイの手を払いのけながらさけんだ。

「生憎(あいにく)、おれは、やれたら殺(や)ってやる。闇の帝王はどっちみち、やつを殺りたいんだ。どこがちがうって言――?」

真っ赤な閃光がハリーをかすめて飛び去る。ハーマイオニーがハリーの背後から、角を回って走り寄り、クラッブの頭めがけて「失神(しっしん)の呪文」を放ったのだ。マルフォイがクラッブを引いて避けたために、わずかのところで呪文は的を外れる。

「あの『穢(けが)れた血』だ! アバダ ケダブラ!」

ハリーは、ハーマイオニーが横っ跳びにかわすのを見る。クラッブは殺すつもりで狙いをつけている。ハリーの怒りが爆発し、ほかのいっさいが頭から吹き飛んでしまった。ハリーはクラッブめがけて「失神(しっしん)の呪文」を放つが、クラッブは呪文を避けるのにぐらっとよろけ、はずみでマルフォイの杖(つえ)を手からはじき飛ばす。杖は、壊れた家具や箱の山の下に転がり、見えなくなった。

「やつを殺すな! やつを殺すな!」

マルフォイが、ハリーに狙いをつけているクラッブとゴイルに向かってさけぶ。二人が一瞬躊躇(ちゅうちょ)した隙を、ハリーは逃さなかった。

「エクスペリアームス! 武器よ去れ!」

ゴイルの杖が手から離れて飛び、脇のガラクタの防壁の中に消える。ゴイルは取りもどそうとして、その場で虚しく飛び上がる。ハーマイオニーが第二弾の「失神の呪文」を放ち、マルフォイが飛び退く。ロンが突然通路の端に現れ、クラッブめがけて「全身金縛り術」を発射したが、惜しくも逸れた。

　クラッブはくるりと向きを変え、またしても「アバダ　ケダブラ！」とさけぶ。ロンは緑の閃光を避けて飛び退き、姿を隠す。ハーマイオニーが攻撃を仕掛け、ゴイルに「失神呪文」を命中させるが、杖を失ったマルフォイは、攻撃を避けて三本脚の洋服箪笥の陰に縮こまった。

「どこか、このへんだ！」

　ハリーは、古いティアラが落ちたあたりのガラクタの山を指しながら、ハーマイオニーに向かってさけぶ。

「探してくれ。僕はロンを助けに——」

「ハリー！」ハーマイオニーが悲鳴を上げる。

　背後から押し寄せる轟々といううなりで、ハリーはただならぬ危険を感じた。振り返ると、ロンとクラッブが、こちらに向かって全速力で走ってくるのが見える。

「ゴミどもめ、熱いのが好きか？」クラッブが走りながら吠える。

　しかしクラッブ自身、自分のかけた術を制御できないようだ。異常な大きさの炎が、両側のガラクタの防壁をなめ尽くしながら、二人を追ってくる。炎が触れたガラクタは、煤になって崩れ落ちていく。

「アグアメンティ！　水よ！」

ハリーが声を張り上げ、杖先から噴出させた水も、空中で蒸発する。

「逃げろ！」

マルフォイは「失神」しているゴイルをつかんで引きずっていたが、クラッブはいまや怯えた顔で、全員を追い越して逃げ去っていく。そのあとを追って飛ぶように走るハリー、ロン、ハーマイオニーのすぐ後ろから、炎が追いかけてくる。尋常な火ではない。クラッブは、ハリーのまったく知らない呪いを使ったのだ。全員が角を曲がると、炎は、まるで知覚を持った生き物が全員を殺そうとして襲ってくるかのように追ってくる。炎はいまや突然姿を変え、巨大な炎の怪獣の群れになっていた。大蛇、キメラ、ドラゴンが、めらめらと立ち上がり、伏せ、また立ち上がる。何世紀にもわたって堆積してきた瓦礫の山は、怪獣の餌食となり、宙に放り投げられ、牙をむく怪獣の口に投げ込まれたり、足の鉤爪に蹴り上げられたりと、最後には地獄の炎に焼き尽くされた。

マルフォイ、クラッブ、ゴイルの姿が見えなくなった。ハリーとロン、ハーマイオニーは、追い詰められ、炎に取り囲まれる。炎の怪獣は爪を立て角を振り、尻尾を打ち鳴らして徐々に囲みを狭め、炎の熱が、強固な壁のように三人を包む。

「どうしましょう？」

ハーマイオニーが、耳を聾する炎の轟音の中でさけぶ。

「どうしたらいいの？」

「これだ！」

ハリーは一番手近なガラクタの山から、がっしりした感じの箒を二本つかんで、一本をロンに放る。ロンはハーマイオニーを引き寄せて後ろに乗せ、ハリーは二本目の箒にぱっとまたがる。三人は強く床を蹴り、宙に舞い上がった。噛みつこうとする炎の猛禽のとげとげした嘴は、ほんの二、三十センチのところで獲物を逃す。煙と熱は耐え難い激しさだ。眼下では、呪いの炎が、お尋ね者の生徒たちが何世代にもわたって持ち込んだ禁制品を、何千という禁じられた実験の罪深い結果を、そしてこの部屋に避難した数え切れない人々の秘密を焼き尽くしている。マルフォイやクラッブ、ゴイルは、影も形も見えない。ハリーは、三人を探して、略奪の炎の怪獣すれすれまで舞い降りるが、見えるのは炎ばかり。なんて酷い死に方だ……ハリーは、こんな結果を望んではいなかった……。

「ハリー、脱出だ、脱出するんだ！」

ロンがさけぶが、黒煙の立ち込める中では、扉がどこにあるのか見えない。

そのときハリーは、大混乱のただ中に、燃え盛る轟々たる音の中に、弱々しく哀れなさけび声を聞きつけた。

「そんなこと――危険――すぎる――！」

ロンのさけびを背後に聞きながら、ハリーは空中を旋回する。メガネのおかげで煙から多少は護られ、ハリーは眼下の火の海を隅なく見回した。だれかが生きている印はないか、手足でも顔でもいい、まだ炭になっていないものはないか……。

見えた。マルフォイが、気を失ったゴイルを両腕で抱えたまま、焦げた机の積み重なった、いまにも崩れそうな塔の上に乗っている。ハリーは突っ込む。マルフォイはハリーがやってくるのを見て、片腕を上げる。ハリーはその腕をつかんだが、これではだめだとすぐにわかった。ゴイルが重すぎる。それに、汗まみれのマルフォイの手は、すぐにハリーの手から滑り落ちる――。

「そいつらのために僕たちが死ぬことになったら、君を殺すぞ、ハリー！」

ロンが吠える。巨大な炎のキメラがロンたちに襲いかかった瞬間、ロンとハーマイオニーがゴイルを箒に引っ張り上げ、縦に横にと揺れながら、ふたたび上昇する。マルフォイは、ハリーの箒の後ろに這い上がる。

「扉だ。扉に行け。扉だ！」マルフォイが、ハリーの耳にさけぶ。逆巻く黒煙で息もつけず、ハリーはスピードを上げてロン、ハーマイオニー、ゴイルのあとに続いた。周囲には、貪欲な炎を免れた最後の品々が、巻き上げられて飛んでいる。呪いの炎の怪獣たちは、勝利の祝いに、残った品々を高々と放り上げていた。優勝カップや盾、輝くネックレスや黒ずんだ古いティアラ……。

「なにをしてる！　なにをしてるんだ！　扉はあっちだ！」

マルフォイがさけぶが、ハリーはヘアピンカーブを切って飛び込んだ。髪飾りは、スローモーションで落ちていくように見える。大きく口を開けた大蛇の胃袋に向かって、回りながら、輝きながら落ちていく。その瞬間、ハリーは髪飾りを捕える。手首にそれを引っかけた――。

大蛇がハリーに向かって鋭く襲いかかるが、ハリーはふたたび旋回していた。そして高々と舞い上がり、扉があると思われるあたりをめざし、そこに扉が開いていることを祈りながら、一直線に飛んだ。ロン、ハーマイオニー、ゴイルの姿はもうない。マルフォイは悲鳴を上げて、痛いほど強くハリーにしがみついている。そのとき、煙を通してハリーは壁に長方形の切れ目があるのを見つけ、箒を向ける。次の瞬間、清浄な空気がハリーの肺を満たし、二人は廊下の反対側の壁に衝突した。

マルフォイは箒から落下し、息も絶え絶えに咳き込み、ゲエゲエ言いながら、うつ伏せになって横たわっている。ハリーは転がって、上半身を起こした。「必要の部屋」の扉はすでに消え、ロンとハーマイオニーが、床に座り込んで喘いでいる。傍らには、まだ気を失ったままのゴイルがいる。

「ク――クラップ」

マルフォイは、口がきけるようになるとすぐ、喉を詰まらせながら言う。

「ク――クラップ」

「あいつは死んだ」ロンが厳しい口調で言い捨てる。

しばらくの間、喘いだり咳き込んだりする音以外はなにも聞こえなかった。やがて、バーンという大きな音が、何度も城を揺るがし、透明な騎馬隊の大軍が疾駆していった。騎乗者の腋の下に抱えられた頭が、血に飢えたさけびを上げていた。「首無し狩人」の一行が通り過ぎた後、ハリーはよろよろと立ち上がり、あたりを見回す。どこもかしこも戦いの最中だ。退却するゴーストの群れのさけびよりも、もっと多くの悲鳴が聞こえてくる。ハリーは突然戦慄を覚えた。

「ジニーはどこだ？」ハリーが鋭い声を上げる。「ここにいたのに。『必要の部屋』にもどることになっているのに」

「冗談じゃない、あんな大火事のあとで、この部屋がまだ機能すると思うか？」

そう言いながらロンも立ち上がって、胸をさすりながら左右を見回す。

「手分けして探すか？」

「だめよ」立ち上がったハーマイオニーが言う。

マルフォイとゴイルは、床に力なく伸びたままだ。二人とも杖がない。

「離れずにいましょう。さあ、行きましょう──ハリー、腕にかけてる物、なに？」

「えっ？　ああ、そうだ──」

ハリーは手首から髪飾りを外し、目の前に掲げる。まだ熱く、煤で黒くなっているが、よく見ると小さな文字が彫ってあるのが読める。

〝計り知れぬ英知こそ、われらが最大の宝なり〟

黒くねっとりした血のようなものが、髪飾りから流れ出ているように見える。突然、髪飾りが激しく震え、ハリーの両手の中で真っ二つに割れた。その瞬間ハリーは、遠くからのかすかな苦痛のさけびを聞いたように思う。校庭からでも城からでもなく、たったいまハリーの手の中でバラバラになった物から響いてくる悲鳴を。

「あれは『悪霊の火』にちがいないわ！」

砕けた破片に目をやりながら、ハーマイオニーがすすり泣くような声で言う。

「えっ？」

「『悪霊の火』──呪われた火よ──分霊箱を破壊する物質の一つなの。でも私なら絶対にそれを使わなかったわ。危険すぎるもの。クラッブは、いったいどうやってそんな術を──？」

「カロー兄妹から習ったにちがいない」ハリーが暗い声で答える。

「やつらが止め方を教えたときに、クラッブがよく聞いていなかったのは残念だぜ。まったく」ロンが肩をすくめる。

ロンの髪は、ハーマイオニーの髪と同じく焦げて、顔は煤けていた。

「クラッブのやつが僕たちを皆殺しにしようとしてなけりゃ、死んじゃったのはかわいそうだけどさ」

「でも、気がついてるかしら？」ハーマイオニーがささやくように告げる。「つまり、あとはあの大蛇を片付ければ――」

ハーマイオニーは言葉を切る。さけび声や悲鳴など、まぎれもない戦いの物音が廊下一杯に聞こえはじめたからだ。周囲を見回して、ハリーはどきりとする。死喰い人がホグワーツに侵入していた。仮面とフードをかぶった男たちと、それぞれ一騎打ちしているフレッドとパーシーの後ろ姿が見える。

ハリーもロンもハーマイオニーも、加勢に走る。閃光があらゆる方向に飛び交い、パーシーの一騎打ちの相手が急いで飛び退く。とたんにフードが滑り落ちて、飛び出した額とすだれ状の髪が見えた――。

「やあ、大臣！」

パーシーがまっすぐシックネスに向けて、見事な呪いを放つ。シックネスは杖を取り落とし、ひどく気持ちが悪そうにローブの前をかきむしる。

「辞職すると申し上げましたかね？」

「パース、ご冗談を！」

自分の一騎打ちの相手が、三方向からの「失神の呪文」を受けて倒れたところで、フレッドがさけぶ。シックネスは、体中から小さな棘を生やして床に倒れた。どうやらウニのようなものに変身していく様子だ。フレッドはパーシーを見て、うれしそうににやっと笑った。

「パース、マジ冗談言ってくれるじゃないか……おまえの冗談なんか、いままで一度だって――」

空気が爆発した。全員が一緒だったのに――ハリー、ロン、ハーマイオニー、フレッド、パーシー、そして死喰い人たち。一人は「失神」し、一人は「変身」して足元に倒れている死喰い人も含めて、みな一緒だったのに。一瞬のうちに、危険が一時的に去ったと思ったその一瞬のうちに、世界が引き裂かれた。ハリーは空中に放り出されるのを感じた。唯一の武器である細い一本の棒をしっかりとにぎり、両腕で頭をかばうことしかできなかった。仲間の悲鳴やさけびは聞こえても、その人たちがどうなったかは知る由もない――。

引き裂かれた世界は、やがて収まり、薄暗い、痛みに満ちた世界に変わる。ハリーの体は、猛攻撃を受けた廊下の残骸に半分埋まっていた。冷たい空気で、城の側壁が吹き飛ばされたことがわかり、頰に感じる生温かいねっとりしたもので、ハリーは自分が大量に出血していることを知る。そのとき、ハリーは内臓を締めつけるような、悲しいさけびを聞く。炎も呪いも、これほどの苦痛の声を引き出すことはできない。ハリーはふらふらと立ち上がる。その日一日で、こんなに怯えたことはない、たぶんいままでの人生で、これほど怖かったことなどない……。

ハーマイオニーが、瓦礫の中からもがきながら立ち上がった。壁が吹き飛ばされた場所の床に、三人の赤毛の男が肩を寄せ合っている。ハリーはハーマイオニーの手を取って、二人で石や板の上をよろめき、つまずきながら近づいた。

「そんな――そんな――そんな！」だれかがさけんでいる。「だめだ！　フレッド！　だめだ！」

パーシーが弟を揺すぶり、その二人の横にロンがひざまずいている。フレッドの見開いた両目は、もうなにも見てはいない。最後の笑いの名残が、その顔に刻まれたままだった。

第32章　ニワトコの杖

世界の終わりがきた。それなのになぜ戦いをやめないのか？　なぜ城が恐怖で静かにならず、戦う者全員が武器を捨てないのか？　ハリーは、ありえない現実が呑み込めず、心は奈落へと落ちていく。フレッド・ウィーズリーが死ぬはずはない。自分の感覚のすべてが嘘をついている――。

そのとき、爆破で側壁にあいた穴から、上から落下していく人が見えた。暗闇から呪いが飛び込んできて、みなの頭の後ろの壁に当たる。

「伏せろ！」

ハリーがさけぶ。呪いが闇の中から次々と飛び込んできていた。ハリーとロンが同時にハーマイオニーを引っ張って、床に伏せさせる。パーシーはフレッドの死体の上に覆いかぶさり、これ以上弟を傷つけさせまいとしていた。

「パーシー、さあ行こう。移動しないと！」

ハリーがさけぶが、パーシーは首を振る。

「パーシー！」

ロンが、兄の両肩をつかんで引っ張ろうとする。煤と埃で覆われたロンの顔に、幾筋もの涙の跡がついているのをハリーは見た。しかしパーシーは動かなかった。

「パーシー、フレッドはもうどうにもできない！　僕たちは――」

ハーマイオニーが悲鳴を上げる。振り返ったハリーは、理由を聞く必要もなかった。小型自動車ほどの巨大な蜘蛛が、側壁の大きな穴から這い登ろうとしている。アラゴグの子孫の一匹が、戦いに加わったようだ。

ロンとハリーが、同時に呪文をさけぶ。呪文が命中し、怪物蜘蛛は仰向けに吹き飛んで、肢を気味悪くぴくぴく痙攣させながら闇に消えた。

「仲間を連れてきているぞ！」

呪いで吹き飛ばされた穴から、城の端をちらりと見たハリーが、みなに向かってさけぶ。「禁じられた森」から解放された巨大蜘蛛が、次々と城壁を這い登ってくる。死喰い人たちは、「禁じられた森」に侵入したにちがいない。ハリーは大蜘蛛に向けて「失神の呪文」を発射し、先頭の怪物を、這い登ってくる仲間の上に転落させた。大蜘蛛はすべて壁から転げ落ち、姿が見えなくなった。そのときハリーの頭上を、いくつもの呪いが飛び越していった。すれすれに飛んでいった呪文の力で、髪が巻き上げられる。

「移動だ。行くぞ！」

ハーマイオニーを押してロンと一緒に先に行かせ、ハリーはかがんでフレッドの腋（わき）の下を抱え込む。ハリーがなにをしようとしているのかに気づいたパーシーは、フレッドにしがみつくのをやめて手伝った。身を低くし、校庭から飛んでくる呪いをかわしながら、二人は力を合わせて、フレッドの遺体をその場から移動させる。

「ここに」ハリーが言う。

二人は甲冑（かっちゅう）が不在になっている壁の窪みにフレッドの遺体を置く。ハリーは、それ以上フレッドを見ていることに耐えられず、遺体がしっかり隠されていることを確認すると、ロンとハーマイオニーを追った。廊下はもうもうと埃（ほこり）が立ち込め、石が崩れ落ち、窓ガラスはとっくになくなっている。マルフォイとゴイルの姿はもうなかったが、廊下の端でハリーは、敵とも味方とも見分けのつかない大勢の人間が走り回っているのを目にした。

「ルックウッド！」

角を曲がったところで、パーシーが牡牛（おうし）のようなうなり声を上げ、生徒二人を追いかけている背の高い男に向かって突進していった。

「ハリー、こっちよ！」ハーマイオニーが声を張り上げる。

ハーマイオニーは、ロンをタペストリーの裏側に引っ張り込んでいる。二人が揉み合っているように見えたので、ハリーは、二人がまた抱き合っているのではないかと一瞬変に勘ぐってしまった。しかし、ハーマイオニーは、パーシーを追って駆け出そうとするロンを抑えようとしていたのだ。

「言うことを聞いて——ロン、聞いてよ！」

「加勢するんだ——死喰い人を殺してやりたい——」

埃と煤で汚れたロンの顔はくしゃくしゃに歪み、体は怒りと悲しみでわなわなと震えている。

「ロン、これを終わらせることができるのは、私たちのほかにはいないのよ！　お願い——ロン——あの大蛇が必要なの。大蛇を殺さないといけないの！」ハーマイオニーが涙ながらに訴える。

しかしハリーには、ロンの気持ちがわかる。もう一つの分霊箱を探すことでは、仕返ししたい気持ちを満たすことはできない。ハリーも戦いたかった。フレッドを殺したやつらを懲らしめてやりたかった。それに、ウィーズリー一家のほかの人たちの無事を確かめたかった。とりわけ、まちがいなくジニーがまだ——ハリーはそのあとの言葉を考えることさえ、耐えられない——。

「私たちだって戦うのよ、絶対に！」ハーマイオニーが訴え続ける。「戦わなければならないの。あの蛇に近づくために！　でも、いま、私たちがなにをすべきか、み――見失わないで！　すべてを終わらせることができるのは、私たちしかいないのよ！」

ハーマイオニーも泣いていた。説得しながら、焼け焦げて破れた袖で、ハーマイオニーは顔を拭う。そして、ロンをしっかりつかんだまま、ハーマイオニーはフーッと深呼吸して自分を落ち着かせ、ハリーを見る。

「あなたは、ヴォルデモートの居場所を見つけないといけないわ。だって、大蛇はあの人が連れているんですもの。そうでしょう？　さあ、やるのよ、ハリー――あの人の頭の中を見るのよ！」

どうしてそう簡単にそれができたのだろう？　傷痕が何時間も前から焼けるように痛み、ヴォルデモートの想念を見せたくてしかたがなかったからだろうか？　ハーマイオニーに言われるまま、ハリーが目を閉じると、さけびや爆発音、すべての耳障りな戦いの音は次第に消えていき、ついには遠くに聞こえる音になる。まるでみなから遠く離れたところに立っているかのようだ……。

彼は陰気な、しかし奇妙に見覚えのある部屋の真ん中に立っている。壁紙ははがれ、一か所を除いて窓という窓には板が打ちつけてある。城を襲撃する音はくぐもって、遠くに聞こえる。板のないただ一つの窓から、城の立つ場所に遠い閃光が見えてはいるが、部屋の中は石油ランプ一つしかなく、暗かった。

杖を指で回して眺めながら、頭の中は、城のあの「部屋」のことを考えている。彼だけが見つけることのできた、秘められたあの「部屋」。「秘密の部屋」と同じように、あの「部屋」を見つけるには、賢く、狡猾で、好奇心が強くなければならぬ……あの小僧には髪飾りは見つけられぬ、と彼には自信があった……しかし、ダンブルドアの操り人形めは、予想もしなかったほど深く進んできた……あまりにも深く……。

「わが君」

取りすがるような、しわがれた声に呼ばれて、彼は振り向く。一番暗い片隅に、ルシウス・マルフォイが座っている。ボロボロになり、例の男の子の最後の逃亡のあとに受けた懲罰の痕がまだ残っている。片方の目は腫れ上がり、閉じられたままだ。

「わが君……どうか……私の息子は……」

「おまえの息子が死んだとしても、ルシウス、俺様のせいではない。スリザリンのほかの生徒のように、俺様の許にもどってはこなかった。おそらく、ハリー・ポッターと仲良くすることに決めたのではないか？」

「いいえ──けっして」ルシウスはささやくような声で言う。

「そうではないように望むことだな」

「わが君は――わが君は、ご心配ではありませんか？　ポッターが、わが君以外の者の手にかかって死ぬことを」

ルシウスが声を震わせて聞く。

「差し出がましく……お許しください……戦いを中止なさり、城に入られて、わが――わが君ご自身が、お探しになるほうが……賢明だとは思し召されませんか？」

「偽ってもむだだ、ルシウス。おまえが停戦を望むのは、息子の安否を確かめたいからだろう。俺様にはポッターを探す必要はない。夜の明ける前に、ポッターのほうで俺様を探し出すだろう」

ヴォルデモートは、ふたたび指に挟んだ杖に目を落とす。気に入らぬ……ヴォルデモート卿をわずらわすものは、なんとかせねばならぬ……。

「スネイプを連れてこい」

「スネイプ？　わ――わが君」

「スネイプだ。すぐに。あの者が必要だ。一つ――務めを――果たしてもらわねばならぬ。行け」

怯え、暗がりでつまずきながら、ルシウスは部屋を出ていった。ヴォルデモートは杖を指で回し、じっと見つめながら、その場に立ったままでいた。

「それしかないな、ナギニ」

ヴォルデモートはつぶやきながら、あたりを見回す。巨大な太い蛇が、宙に浮く球の中で優雅に身をくねらせている。ヴォルデモートがナギニのために魔法で保護した空間は、星をちりばめたようにきらめく透明な球体で、光る檻とタンクが一緒になったようなものだった。

ハリーは息を呑み、意識を引きもどして目を開ける。同時に、かん高いさけび声やわめき声、打ち合いぶつかり合う戦いの喧騒が、わっと耳を襲う。

「あいつは『叫びの屋敷』にいる。蛇も一緒で、周囲をなにかの魔法で守られている。あいつはたったいま、ルシウス・マルフォイにスネイプを迎えにいかせた」

「ヴォルデモートは、『叫びの屋敷』でじっとしているの？」ハーマイオニーは怒りをあらわにする。「自分は――自分は戦いもせずに？」

「あいつは、戦う必要はないと考えている」ハリーが言う。「僕があいつのところに行くと考えているんだ」

「でも、どうして？」

「僕が分霊箱を追っていることを知っている――ナギニをすぐそばに置いているんだ――蛇に近づくためには、僕があいつのところに行かなきゃならないのは、はっきりしている――」

「よし」ロンが肩を怒らせて言う。「それなら君は行っちゃだめだ。行ったらあいつの思うつぼだ。あいつはそれを期待してる。君はここにいて、ハーマイオニーを守ってくれ。僕が行って、捕まえて──」

ハリーはロンを遮る。

「君たちはここにいてくれ。僕が『マント』に隠れて行く。終わったらすぐにもどって──」

「だめ」今度はハーマイオニーの番だ。「私が『マント』を着て行くほうが、ずっと合理的で──」

「問題外だ」ロンがハーマイオニーを睨みつける。

「ロン、私だってあなたと同じぐらい力が──」ハーマイオニーが反論しかける。

そのとき、階段の一番上の、三人がいる場所を覆うタペストリーが破られる。

「ポッター！」

仮面をつけた死喰い人が二人、そこに立っていた。その二人が杖を上げ切らないうちに、ハーマイオニーがさけぶ。

「グリセオ！　滑れ！」

三人の足下の階段が平らな滑り台になる。ハーマイオニーもハリーもロンも、速度を抑えることもできずに、矢のように滑り降りる。あまりの速さに、死喰い人の放つ

「失神の呪文」は三人のはるか頭上を飛んでいき、階段下を覆い隠しているタペストリーを射抜いて床で跳ね返り、反対側の壁に当たった。

「デューロ！　固まれ！」

ハーマイオニーがタペストリーに杖を向けてさけんだ。タペストリーは石になり、その裏側でグシャッという強烈な衝突音が二つ聞こえた。三人を追ってきた死喰い人たちは、タペストリーの向こう側でくしゃくしゃになったらしい。

「避けろ！」

ロンの声で、ハリーもハーマイオニーも、ロンと一緒に扉に張りつく。その横を、マクゴナガル教授に率いられた机の一群が、全力疾走で怒涛のごとく駆け抜けていく。マクゴナガルは、三人に気づかない様子だ。髪はほどけ、片方の頬には深手を負っている。角を曲がりながらマクゴナガルのさけぶ声が聞こえた。

「突撃っ！」

「ハリー、『マント』を着て」ハーマイオニーが促す。「私たちのことは気にせずに――」

しかし、ハリーは、透明マントを三人に着せかける。三人一緒では大きすぎて覆い切れないが、あたりは埃だらけ。その上、石が崩れ落ちて呪文の揺らめき光る中では、胴体のない足だけを見る者もいないだろう。

三人が次の階段を駆け下りると、下の廊下は右も左も戦いの真っ最中だ。生徒も先生も、仮面を着けたままの、あるいは外れてしまった死喰い人を相手に戦っている。両脇の肖像画には絵の主たちがぎっしり詰まって、大声で助言したり応援したりしている。ディーンはどこからか奪った杖でドロホフに単身立ち向かい、パーバティはトラバースと戦っていた。ハリー、ロン、ハーマイオニーはすぐに杖を構え、攻撃しようとしたが、戦っている者同士はじぐざぐと目にも止まらぬ速さで動き回っているため、呪文をかければ味方を傷つけてしまう恐れが大きい。緊張して杖を構えたまま好機を待っているところへ、「ウィィィィィィィィィィ！」と大きな音が聞こえてきた。ハリーが見上げると、ピーブズがブンブン飛び回り、スナーガラフの種を死喰い人の頭上に落としている。種が割れ、太ったイモムシのような緑色の塊茎が、ごにょごにょと死喰い人の頭を覆う。

「うあっ！」一つかみほどの塊茎が、ロンの頭の上の「マント」に落ち、ロンが振り落とそうとしている間は、ぬるぬるした緑色の塊茎が宙を漂うという、ありえない状態になる。

「だれかそこに姿を隠しているぞ！」

仮面の死喰い人が一人、指をさしてさけぶ。

ディーンがその隙を衝いて、一瞬気を逸らしたその死喰い人を「失神の呪文」で倒す。仕返ししようとしたドロホフは、パーバティに「全身金縛り術」で倒された。

「行こう！」ハリーが声を上げる。三人は「マント」をしっかり巻きつけて、頭を低くし、戦う人々の間を、スナーガラフの樹液溜りに足を滑らせながら、大理石の階段の上へ、そして玄関ホールへと、飛ぶように走る。

「僕はドラコ・マルフォイだ。僕はドラコだ。味方だ！」

ドラコが上の踊り場で、仮面の死喰い人に向かって訴えていた。ハリーは通りがかりにその死喰い人を「失神」させる。マルフォイが救い主に向かってにっこりしながらあたりを見回すところを、ロンが「マント」の下からパンチを食らわした。マルフォイは死喰い人の上に仰向けに倒れ、唇から血を流して、さっぱりわけがわからないという顔をしている。

「命を助けてやったのは、今晩これで二回目だぞ、この日和見の悪党め！」ロンがさけぶ。

階段も玄関ホールも戦闘中の敵味方であふれている。どこを見ても、死喰い人が見える。ヤックスリーは玄関の扉近くでフリットウィックと戦い、そのすぐ横では、仮面の死喰い人がキングズリーと一騎打ちしていた。生徒たちは四方八方に走り回り、中には傷ついた友達を抱えたり引きずったりしている生徒もいる。ハリーは仮面の死喰い人に「失神の呪文」を発射したが、逸れて、危うくネビルに当たりそうになる。

ネビルは両手一杯の「有毒食虫蔓」を振り回して、どこからともなく現れていた。蔓は嬉々として一番近くの死喰い人に巻きつき、手繰り寄せはじめた。

ハリー、ロン、ハーマイオニーは、大理石の階段を駆け下りる。左側の砂時計が大破し、スリザリン寮の獲得した点を示すエメラルドがそこら中に転がって、走り回る敵も味方も滑ったりつまずいたりしている。三人が玄関ホールに下りたとき、階段上のバルコニーから人が二人落ちてきた。そして灰色の影が――ハリーはなにかの動物だと思った――玄関ホールの奥からまさに獣のように走ってきて、落ちてきた一人に牙を立てようとする。

「やめてぇぇ！」

さけび声を上げたハーマイオニーの杖から、大音響とともに呪文が飛ぶ。弱々しく動いているラベンダー・ブラウンの体からのけぞって吹き飛ばされたのは、フェンリール・グレイバックだった。グレイバックは大理石の階段の手すりにぶつかり、立ち上がろうともがいている。そのとき、白く輝く水晶玉がフェンリールの頭にバーンと落ちて割れた。フェンリールは倒れて、体を丸めたまま動かなくなった。

「まだありますわよ！」

欄干から身を乗り出したトレローニー先生が、かん高い声でさけぶ。

「お望みの方には、もっと差し上げますわ！　行きますわよ――」

トレローニー先生は、テニスのサーブのような動作で、バッグから取り出したもう一個の巨大な水晶玉を持ち上げ、杖を振るって飛ばす。水晶玉は玄関ホールを横切って、窓をぶち割った。そのとき玄関の重い木の扉がぱっと開き、巨大蜘蛛の群れが玄関ホールに雪崩れ込んできた。

恐怖の悲鳴が空気を引き裂き、戦っていた死喰い人もホグワーツ隊も、バラバラになって蜘蛛に対峙した。押し寄せる怪物に向かって、赤や緑の閃光が飛び、巨大蜘蛛は身震いして後肢立ちになり、いっそう恐ろしい姿になる。

「どうやって外に出る?」悲鳴の渦の中で、ロンが声を上げる。

ハリーとハーマイオニーが返事をする前に、三人とも突き飛ばされてしまった。花柄模様のピンクの傘を振り回し、ハグリッドが嵐のごとく階段を駆け下りてきた。

「こいつらを傷つけねえでくれ！　傷つけねえでくれ！」ハグリッドがさけぶ。

「ハグリッド、やめろ！」

なにもかも忘れて、「マント」から飛び出したハリーは、玄関ホールを明るく照らし出すほど飛び交う呪いを避け、体をかがめて走る。

「ハグリッド、もどるんだ！」

しかしまだ半分も追いつかないうちに、ハリーの目の前でハグリッドの姿が巨大蜘蛛の群れの中に消えていった。呪いに攻め立てられた大蜘蛛の群れは、ガサガサと音を立ててハグリッドを飲み込んだまま、うじゃうじゃと退却をはじめる。

「ハグリッド！」

ハリーは、だれかが自分の名前を呼ぶ声を聞く。敵か味方か、しかしどうでもよかった。ハリーは、玄関の階段を校庭へと駆け下りる。巨大蜘蛛の群れは、獲物もろともうじゃうじゃと遠ざかる。ハグリッドの姿はどこにも見えない。

「ハグリッド！」

ハリーは、巨大な片腕が、大蜘蛛の群れの中で揺れ動くのを見たような気がした。しかし、群れを追いかけるハリーを、途方もない巨大な足が阻む。暗闇の中からドシンと踏み下ろされたその足は、ハリーの立っている地面を震わせる。見上げると、六メートル豊かの巨人がそびえ立っていた。頭部は暗くて見えず、大木のような毛脛だけが、城の扉からの明かりで照らし出されている。巨大な拳が滑らかに動き、強烈なひとなぐりで上階の窓を打ち壊す。雨のように降りかかるガラスを避けて、ハリーは玄関ホールの入口に退却せざるをえなかった。

「ああ、なんてことを――！」

ロンと一緒にハリーを追ってきたハーマイオニーが、巨人を見上げて悲鳴を上げる。今度は巨人が、上階の窓から中の人間を捕まえようとしていた。

「やめろ！」

杖(つえ)を上げたハーマイオニーの手を押さえて、ロンがさけぶ。

『失神』なんかさせたら、こいつは城の半分をつぶしちまう——」

「ハガー？」

城の角の向こうから、グロウプがうろうろとやってくる。いまになってようやくハリーは、たしかにグロウプは小柄な巨人なのだと納得する。上階の人間どもを押しつぶそうとしていた、とてつもなく大きな巨人が、あたりを見回して一声吠(ほ)えた。小型巨人に向かってドスンドスンとやってくる大型巨人の足音は、石の階段を震わせる。グロウプはひん曲がった口をぽかんと開け、レンガの半分ほどもある黄色い歯を見せている。そして二人の巨人は、双方から獅子のように獰猛(どうもう)に飛びかかる。

「逃げろ！」ハリーがさけんだ。

巨人たちの取っ組み合う恐ろしいさけび声となぐり合いの音が、夜の闇に響き渡る。ハリーはハーマイオニーの手を取り、石段を駆け下りて校庭に出た。ロンがしんがりを務める。ハリーはまだ、ハグリッドを見つけ出して救出する望みを捨ててはいない。全速力で走り続け、たちまち禁じられた森までの半分の距離を駆け抜けたが、そこでまた行く手を阻まれる。

周囲の空気が凍る。ハリーの息は詰まり、胸の中で固まった。暗闇から現れた姿は、闇よりもいっそう黒く渦巻き、城に向かって大きな波のようにうごめいて移動している。顔はフードで覆われ、ガラガラと断末魔の息を響かせ……。

ロンとハーマイオニーが、ハリーの両脇に寄り添う。背後の戦闘の音が急にくもり、押し殺され、吸魂鬼だけがもたらすことのできる重苦しい静寂が、夜の闇をすっぽりと覆いはじめる……。

「さあ、ハリー！」ハーマイオニーの声が遠くから聞こえてくる。「守護霊よ、ハリー、さあ！」

ハリーは杖を上げたが、どんよりとした絶望感が体中に広がっていく。フレッドは死んだ。そしてハグリッドはまちがいなく死にかけている。もう死んでしまったかもしれない。ハリーの知らないところで、あと何人死んでしまったのだろう。ハリー自身の魂が、もう半分肉体を抜け出してしまったような気がする……。

「ハリー、早く！」ハーマイオニーが悲鳴を上げる。

百体を超える吸魂鬼が、こちらに向かってスルスルと進んでくる。ハリーの絶望感を吸い込みながら近づいてくる。約束されたご馳走に向かって……。

ロンの銀のテリアが飛び出し、弱々しく明滅して消えるのが見えた。ハーマイオニーのカワウソが空中でよじれて消えていくのが見えた。ハリー自身の杖は、手の中で震えている。ハリーは近づいてくる忘却の世界を、約束された虚無と無感覚を、むしろ歓迎したい思いでいた……。

しかしそのとき、銀の野ウサギが、イノシシが、そしてキツネが、ハリー、ロン、ハーマイオニーの頭上を越えて舞い上がった。吸魂鬼は近づく銀色の動物たちの前に後退する。暗闇からやってきた三人が、杖を突き出し、守護霊を出し続けながら、ハリーたちのそばに立つ。ルーナ、アーニー、シェーマスだ。

「それでいいんだよ」ルーナが励ますように言う。まるで「必要の部屋」でDAの呪文練習をしているにすぎないという口調だ。「それでいいんだもン。さあ、ハリー……ほら、なにか幸せなことを考えて……」

「なにか幸せなこと?」ハリーはかすれた声で返した。

「あたしたち、まだみんなここにいるよ」ルーナがささやいた。「あたしたち、まだ戦ってるもン。さあ……」

銀色の火花が散り、光が揺れた。そして、これほど大変な思いをしたことはないというほどの力を振りしぼり、ハリーは杖先から銀色の牡鹿(おじか)を飛び出させた。牡鹿はゆっくりと駆けて前進し、吸魂鬼はついに雲散霧消(うんさんむしょう)した。夜はたちまち元どおりの暖かさを取りもどしたが、周囲の戦いの音もまた、ハリーの耳に大きく響いてきた。

「助かった。君たちのおかげだ」

ロンがルーナ、アーニー、シェーマスに向かって、震えながら礼を言う。

「もうだめかと――」

吠え声を上げ地面を震わせて、またしても別の巨人が、禁じられた森の暗闇からだれの背丈よりも長い棍棒を振り回しながら、ゆらりゆらりと姿を現した。

「逃げろ！」ハリーがまたさけんだ。

言われるまでもなく、みなもう散らばっていた。危機一髪、次の瞬間、怪物の巨大な足が、たったいまみなの立っていた場所に正確に踏み下ろされていた。ハリーはまわりを見回す。ロンとハーマイオニーはハリーに従いてきているが、あとの三人は、ふたたび戦いの中に姿を消していた。

「届かないところまで離れろ！」ロンがさけぶ。

巨人はまた棍棒を振り回し、その吠え声は夜をつんざいて校庭中に響き渡った。校庭では炸裂する赤と緑の閃光が、闇を照らし続けている。

「暴れ柳だ」ハリーが言う。「行くぞ！」

ハリーはやっとのことで、すべての想いを心の片隅に押し込める。狭い心の空間にすべてを封じ込めて、いまは見ることができないようにする。フレッドとハグリッドへの想い。城の内外に散らばっている、愛するすべての人々の安否に対する恐怖。すべてをいまは封印しなければならない。三人は走らなければならないのだから。蛇とヴォルデモートのいるところに行かなければならないのだから。そして、ハーマイオニーが言ったように、そのほかに事を終わらせる道はないのだから——。

ハリーは全速力で走る。死をさえ追い越すことができるのではないかと、半ばそんな気持ちになりながら、周囲の闇に飛び交う閃光を無視して走る。海の波のように岸を洗う湖水の音も、風もない夜なのに軋む「禁じられた森」の音も無視して走る。地面さえも反乱に立ち上がったような校庭を、これまでにこんなに速く走ったことはないと思えるほど速く走った。そして、ハリーが真っ先にあの大木を目にした。根元の秘密を守って、鞭のように枝を振り回す「暴れ柳」を。

ハリーは、喘ぎながら走る速度を緩め、暴れる柳の枝を避けながら、古木を麻痺させるたった一か所の樹皮の瘤を見つけようと、闇を透かしてその太い幹を見る。ロンとハーマイオニーが追いついてきたが、ハーマイオニーは息が上がって、話すこともできない。

「どう——どうやって入るつもりだ?」ロンが息を切らしながら言う。「その場所は——見えるけど——クルックシャンクスさえ——いてくれれば——」

「クルックシャンクス?」

ハーマイオニーが体をくの字に曲げ、胸を押さえてヒーヒー声で言う。

「あなたはそれでも魔法使いなの!」

「あ——そうか——うん——」

ロンはまわりを見回し、下に落ちている小枝に杖を向けて唱えた。

「ウィンガーディアム　レヴィオーサ！　浮遊せよ！」

小枝は地面から飛び上がり、風に巻かれたようにくるくる回ったかと思うと、暴れ柳の不気味に揺れる枝の間をかいくぐって、まっすぐに幹に向かって飛ぶ。小枝が根元近くの一か所を突くと、身悶えしていた樹はとたんに静かになった。

「完璧よ！」ハーマイオニーが、息を切らしながら言った。

「待ってくれ」

ほんの一瞬の迷いがあった。戦いの衝撃音や炸裂音が鳴り響いているその一瞬、ハリーはためらう。ヴォルデモートの思惑は、ハリーがこうすることであり、ハリーがやってくることだ……自分は、ロンとハーマイオニーを罠に引き込もうとしているのではないだろうか？

しかし、その一方、残酷で明白な現実も待っている。前進する唯一の道は、大蛇を殺すことであり、その蛇はヴォルデモートとともにある。そしてヴォルデモートは、このトンネルの向こう側にいる……。

「ハリー、僕たちも行く。とにかく入れ！」ロンがハリーを押す。

ハリーは、樹の根元に隠された土のトンネルに体を押し込む。前に入り込んだときより、穴はずっときつくなっている。トンネルの天井は低く、ほぼ四年前には体を曲げて歩かねばならない程度だったが、いまは這うしかない。杖灯りを点け、ハリーが先頭を進んだ。いつなんどき、行く手を阻むものに出会うかもしれないと覚悟していたが、なにも出てこなかった。三人は黙々と移動する。ハリーは、にぎった杖の先に揺れる一筋の灯りだけを見つめて進んだ。

トンネルがようやく上り坂になり、ハリーは行く手に細長い明かりを認める。ハーマイオニーが、ハリーの踵(かかと)を引っ張る。

「『マント』よ！」ハーマイオニーがささやく。「この『マント』を着て！」

ハリーは後ろを手探りする。ハーマイオニーは、杖を持っていないほうのハリーの手に、サラサラと滑る布を丸めて押しつける。ハリーは動きにくい姿勢のまま、なんとかそれをかぶり、「ノックス 闇よ」と唱えて杖灯りを消す。そして、這ったまま、できるだけ静かに前進した。いまにも見つかりはしないか、冷たく通る声が聞こえはしないか、緑の閃光(せんこう)が見えはしないかと、全神経を張りつめた。

やがて、前方の部屋から話し声が聞こえてきた。トンネルの出口が、梱包用の古い木箱のようなもので塞がれているので、少しくぐもった声だ。息をすることもがまんしながら、ハリーは出口の穴ぎりぎりのところまでにじり寄り、木枠と壁の間に残されたわずかな隙間から覗き見る。

前方の部屋はぼんやりとした灯りに照らされ、ウミヘビのようにとぐろを巻いてゆっくり回っているナギニの姿が見える。星をちりばめたような魔法の球体の中で、安全にぽっかりと宙に浮いている。テーブルの端と、杖をもてあそんでいる長く青白い指が見えた。スネイプの声がする。ハリーは心臓がぐらりと揺れた。スネイプは、ハリーがかがんで隠れているところから、ほんの数センチ先にいる。

「……わが君、抵抗勢力は崩れつつあります――」

「――しかも、おまえの助けなしでもそうなっている」

ヴォルデモートがかん高いはっきりした声で言う。

「熟達の魔法使いではあるが、セブルス、いまとなってはおまえの存在も、たいした意味がない。我々はもう間もなくやり遂げる……間もなくだ」

「小僧を探すようお命じください。私めがポッターを連れて参りましょう。わが君、私ならあいつを見つけられます。どうか」

スネイプが大股に、覗き穴の前を通り過ぎる。ハリーはナギニに目を向けたまま、少し身を引く。ナギニを囲んでいる護りを貫く呪文は、あるのだろうか。なにも思いつかなかった。一度失敗すれば、自分の居場所を知られてしまう……。

ヴォルデモートが立ち上がる。ハリーはいま、その姿を見ることができた。赤い眼、平たい蛇のような顔、薄暗がりの中で、蒼白な顔がぼんやりと光っている。

「問題があるのだ、セブルス」ヴォルデモートが静かに言う。

「わが君？」スネイプが問い返す。

ヴォルデモートは、指揮者がタクトを上げる繊細さ、正確さで、ニワトコの杖を上げる。

「セブルス、この杖はなぜ、俺様の思いどおりにならぬのだ？」

沈黙の中でハリーは、大蛇がとぐろを巻いたり解いたりしながら、シューシューと音を出すのを聞いたような気がした。それとも、ヴォルデモートの歯の間から漏れる息が、空中に漂っているのだろうか？

「わ――わが君？」スネイプが感情のない声で答える。「私めには理解しかねます。わが君は――わが君は、その杖できわめて優れた魔法を行っておいでです」

「そうは思わぬ」ヴォルデモートが返す。「俺様は並の魔法を行っている。たしかに俺様はきわめて優れているのだが、この杖は……ちがう。約束された威力を発揮しておらぬ。この杖も、昔オリバンダーから手に入れた杖も、なんらちがいを感じない」

ヴォルデモートの口調は、瞑想しているかのように静かだったが、ハリーの傷痕はずきずきと疼きはじめていた。募る額の痛みで、ハリーは、ヴォルデモートの抑制された怒りが徐々に高まっているのを感じ取る。

「なんらちがわぬ」ヴォルデモートが繰り返す。

スネイプは無言でいる。ハリーにはその顔は見えないが、危険を感じたスネイプが、ご主人様を安心させるための適切な言葉を探しているのではないか、という気がする。

　ヴォルデモートは部屋の中を歩きはじめた。動いたので、その姿がハリーから一瞬見えなくなる。相変わらず落ち着いた声で話してはいるが、ハリーの痛みと怒りは次第に高まっている。

「俺様は時間をかけてよく考えたのだ、セブルス……俺様が、なぜおまえを戦いから呼びもどしたかわかるか？」

　そのとき、一瞬、ハリーはスネイプの横顔を見た。その目は、魔法の檻の中でとぐろを巻く大蛇を見つめている。

「いいえ、わが君。しかし、戦いの場にもどることをお許しいただきたく存じます。どうかポッターめを探すお許しを」

「おまえもルシウスと同じことを言う。二人とも、俺様ほどにはあやつを理解してはおらぬ。ポッターを探す必要などない。あやつのほうから俺様のところにくるだろう。あやつの弱点を俺様は知っている。一つの大きな欠陥だ。まわりでほかのやつらがやられるのを、見てはおれぬやつなのだ。自分のせいでそうなっていることを知りながら、見てはおれぬのだ。どんな代償を払ってでも、止めようとするだろう。あやつはくる」

「しかし、わが君、あなた様以外の者に誤って殺されてしまうかもしれず――」

「死喰い人たちには、明確な指示を与えておる。ポッターを捕えよ。やつの友人たちを殺せ――多く殺せば殺すほどよい――しかし、あやつは殺すな、とな」

「しかし、俺様が話したいのは、セブルス、おまえのことだ。ハリー・ポッターのことではない。おまえは俺様にとって、非常に貴重な存在だった。非常にな」

「私めが、あなた様にお仕えすることのみを願っていると、わが君にはおわかりです。しかし――わが君、この場を下がり、ポッターめを探すことをお許しくださいますよう。あなた様の許に連れて参ります。私にはそれができると――」

「言ったはずだ。許さぬ！」

ヴォルデモートが語気を強める。ふたたび振り向いたヴォルデモートの眼が、一瞬ぎらりと赤く光る。そして、マントを翻す音は、蛇の這う音のようだ。ハリーは、額の焼けるような痛みで、ヴォルデモートのいらだちを感じた。

「俺様が目下気がかりなのは、セブルス、あの小僧とついに顔を合わせたときになにが起こるかということだ！」

「わが君、疑問の余地はありません。必ずや――」

「――いや、疑問があるのだ、セブルス。疑問が」

ヴォルデモートが立ち止まる。ハリーはもう一度その姿をはっきり見た。青白い指にニワトコの杖を滑らせながら、スネイプを見据えている。

「俺様の使った杖が二本とも、ハリー・ポッターを仕損じたのはなぜだ?」

「わ――私めには、わかりません、わが君」

「わからぬと?」

怒りが、杭を打ち込むようにハリーの頭を刺す。ハリーは、痛みのあまりさけび声を上げそうになり、拳を口に押し込む。ハリーは目をつむる。すると突然ハリーはヴォルデモートになり、スネイプの蒼白な顔を見下ろしていた。

「俺様のイチイの杖は、セブルス、なんでも俺様の言うがままに事をなした。ハリー・ポッターを亡き者にする以外はな。あの杖は二度もしくじりおった。オリバンダーを拷問したところ、双子の芯のことを吐き、別な杖を使うようにと言いおった。俺様はそのようにした。しかし、ルシウスめの杖は、ポッターの杖に出会って砕けた」

「我輩――私めには、わが君、説明できません」

スネイプはもう、ヴォルデモートを見てはいない。暗い目は、護られた球体の中でとぐろを巻く大蛇を見つめたままでいる。

「俺様は、三本目の杖を求めたのだ、セブルス。ニワトコの杖、宿命の杖、死の杖だ。前の持ち主から、俺様はそれを奪った。アルバス・ダンブルドアの墓からそれを奪ったのだ」

ふたたびヴォルデモートを見たスネイプの顔は、デスマスクのようになっていた。大理石のように白く、まったく動かない。その顔が言葉を発したとき、虚ろな両目の裏に、生きた人間がいることが衝撃的に思えた。

「わが君――小僧を探しにいかせてください――」

「この長い夜、俺様が間もなく勝利しようという今夜、俺様はここに座り――」ヴォルデモートの声は、ほとんどささやき声になっている。「考えに考え抜いた。なぜこのニワトコの杖は、あるべき本来の杖になることを拒むのか、なぜ伝説どおりに、正当な所有者に対して行うべき技を行わないのか……そして、俺様はどうやら答えを得た」

スネイプは無言のままだ。

「おそらくおまえは、すでに答えを知っておろう？　なにしろ、セブルス、おまえは賢い男だ。おまえは、忠実なよき下僕（しもべ）であった。これからせねばならぬことを、残念に思う」

「わが君――」

「ニワトコの杖が、俺様にまともに仕えることができぬのは、セブルス、俺様がその真の持ち主ではないからだ。ニワトコの杖は、最後の持ち主を殺した魔法使いに所属する。おまえがアルバス・ダンブルドアを殺した。おまえが生きているかぎり、セブルス、ニワトコの杖は、真に俺様のものになることはできぬ」

「わが君！」スネイプは抗議し、杖を上げた。

「これ以外に道はない」ヴォルデモートが言う。「セブルス、俺様はこの杖の主人にならねばならぬ。杖を制するのだ。さすれば、俺様はついにポッターを制する」

ヴォルデモートは、ニワトコの杖で空を切る。しかしスネイプには何事も起こらず、一瞬、スネイプは死刑を猶予されたと思ったように見えた。だがやがて、ヴォルデモートの意図がわかる。大蛇の檻が空中で回転し、さけぶ間もあらばこそ、スネイプはその中に取り込まれた。頭もそして肩も。ヴォルデモートが蛇語で言う。

「殺せ」

恐ろしい悲鳴が聞こえた。わずかに残っていた血の気も失せ、蒼白になったスネイプの顔に、暗い目が大きく見開かれている。大蛇の牙にその首を貫かれ、魔法の檻を突き放すこともできず、スネイプはがくりと床に膝をつく。

「残念なことよ」ヴォルデモートが冷たく言い放つ。

ヴォルデモートは背を向ける。悲しみもなく、後悔もない。屋敷を出て指揮を執るべきときがきた。いまこそ自分の命のままに動くはずの杖を持って。ヴォルデモートは蛇の入った星をちりばめたような檻に杖を向ける。檻はスネイプを離れてゆっくり上昇し、スネイプは首から血を噴き出して横に倒れる。ヴォルデモートは振り返りもせず、さっと部屋から出ていった。大蛇は巨大な球体に護られて、そのあとからふわふわと従いていく。

トンネルの中では、我に返ったハリーが目を開ける。さけぶまいと強く噛んだ拳から血が出ている。木箱と壁の小さな隙間からいまハリーに見えるのは、床で痙攣している黒いブーツの片足だ。

「ハリー！」

背後でハーマイオニーが、息を殺して呼びかける。しかしハリーはすでに、視界を遮る木箱に杖を向けていた。木箱はわずかに宙に浮き、静かに横にずれる。ハリーは、できるだけそっと部屋に入り込んだ。

なぜそんなことをするのか、ハリーにはわからなかった。なぜ死にゆく男に近づくのかわからなかった。スネイプの血の気のない顔と、首の出血を止めようとしている指を見ながら、自分がどういう気持ちなのか、ハリーには説明できない。ハリーは「透明マント」を脱ぎ、憎んでいた男を見下ろす。瞳孔が広がっていくスネイプの暗い目がハリーをとらえ、話しかけようとしている。ハリーがかがむと、スネイプはハリーのローブの胸元をつかんで引き寄せる。

死に際の、息苦しいゼイゼイという音が、スネイプの喉から漏れる。

「これを……取れ……これを……取れ」

血以外のなにかが、スネイプから漏(も)れ出ている。青みがかった銀色の、気体でも液体でもないものが、スネイプの口から、両耳と両目からあふれ出ていた。ハリーはそれがなんだか知っている。しかし、どうしていいのかわからない――。

ハーマイオニーがどこからともなくフラスコを取り出し、ハリーの震える手に押しつけた。ハリーは杖(つえ)で、その銀色の物質をフラスコに汲み上げる。フラスコの口元まで一杯になったとき、スネイプにはもはや一滴の血も残っていないかのように見えた。ハリーのローブをつかんでいたスネイプの手が緩む。

「僕を……見て……くれ……」スネイプがささやく。

緑の目が黒い目をとらえる。しかし、一瞬の後、黒い両眼の奥底で、なにかが消え、無表情な目が、一点を見つめたまま虚ろになる。ハリーをつかんでいた手がどさりと床に落ち、スネイプはそれきり動かなくなった。

第33章　プリンスの物語

ハリーはスネイプの傍らにひざまずいたまま、ただその顔をじっと見下ろしていた。そのとき、出し抜けにすぐそばでかん高い冷たい声がした。あまりに近かったので、ヴォルデモートがまた部屋にもどってきたかと思ったハリーは、フラスコをしっかり両手ににぎったまま、はじかれたように立ち上がる。

ヴォルデモートの声は、壁から、そして床から響いてくる。ホグワーツと周囲一帯の地域に向かって話していることに、ハリーはようやく気づく。ホグズミードの住人やまだ城で戦っている全員が、ヴォルデモートの息を首筋に感じ、死の一撃を受けそうなほど近くに「あの人」の存在を意識しながら、はっきりとその声を聞いている。

「おまえたちは戦った」かん高い冷たい声が言う。「勇敢に。ヴォルデモート卿は勇敢さを讃えることを知っている」

「しかし、おまえたちは数多くの死傷者を出した。俺様に抵抗し続けるなら、一人また一人と、全員が死ぬことになる。そのようなことは望まぬ。魔法族の血が一滴でも流されるのは、損失であり浪費だ」

「ヴォルデモート卿は慈悲深い。俺様は、我が勢力を即時撤退するように命ずる」

「一時間やろう。死者を尊厳を以って弔え。傷ついた者の手当てをするのだ」

「さて、ハリー・ポッター、俺様はいま、直接おまえに話す。おまえは俺様に立ち向かうどころか、友人たちがおまえのために死ぬことを許した。俺様はこれから一時間、『禁じられた森』で待つ。もし、一時間の後におまえが俺様の許にこなかったならば、降参して出てこなかったならば、戦いを再開する。そのときは、俺様自身が戦闘に加わるぞ、ハリー・ポッター。そしておまえを見つけ出し、おまえを俺様から隠そうとしたやつは、男も女も子供も、最後の一人まで罰してくれよう。一時間だ」

ロンもハーマイオニーも、ハリーを見て強く首を振る。

「耳を貸すな」ロンが言う。

「大丈夫よ」ハーマイオニーが激しい口調で制す。

「さあ——さあ、城にもどりましょう。あの人が森に行ったのなら、計画を練りなおす必要があるわ——」

ハーマイオニーはスネイプの亡骸をちらりと見て、それからトンネルの入口へと急ぐ。ロンもあとに続いた。ハリーは「透明マント」を手繰り寄せ、スネイプを見下ろした。どう感じていいのかわからない。ただ、スネイプの殺され方と殺された理由とに、衝撃を受けていた……。

　三人はトンネルを這ってもどる。だれも口をきかない。ハリーの頭の中には、まだヴォルデモートの声が響いている。ロンもハーマイオニーも、きっとそうなのではないかと思う。

〝おまえは俺様に立ち向かうどころか、友人たちがおまえのために死ぬことを許した。俺様はこれから一時間、『禁じられた森』で待つ……一時間だ……〟

　城の前の芝生に、小さな包みのような塊がいくつも散らばっている。夜明けまで、あと一時間くらいだろうか。まだ、あたりは真っ暗だ。三人は入口の石段へと急ぐ。小船ほどもある木靴の片方が、石段の前に転がっていたが、それ以外にはグロウプも、攻撃を仕掛けてきた相手の巨人も、跡形もない。

　城は異常に静かだった。いまは閃光も見えず、衝撃音も、悲鳴もさけびも聞こえない。だれもいない玄関ホールの敷石は、血に染まっている。大理石のかけらや裂けた木片に交じって、エメラルドが床一面に散らばったままになっている。階段の手すりの一部は吹き飛ばされていた。

「みんなはどこかしら？」ハーマイオニーが小声で聞く。

　ロンが先に立って大広間に入る。ハリーは入口で足がすくんだ。

各寮のテーブルはなくなり、大広間は人で一杯だった。生き残った者は、互いの肩に腕を回し、何人かずつ集まって立っていた。一段高い壇の上で、マダム・ポンフリーが何人かに手伝わせて、負傷者の手当てをしている。フィレンツェも傷つき、脇腹からどくどくと血を流し、立つこともできずに体を震わせて横たわっている。

死者は、大広間の真ん中に横たえられていた。フレッドの亡骸（なきがら）は、家族に囲まれていてハリーには見えない。ジョージが頭のところにひざまずき、ウィーズリーおばさんはフレッドの胸の上に突っ伏して体を震わせている。おばさんの髪をなでながら、ウィーズリーおじさんの頬には、滝のような涙が流れていた。

ハリーにはなにも言わずに、ロンとハーマイオニーが離れていく。ハーマイオニーは、顔を真っ赤に泣き腫（は）らしたジニーに近づき、抱きしめる。ロンは、ビル、フラー、パーシーのそばに行く。パーシーは、ロンの肩を抱いた。ジニーとハーマイオニーが家族に近寄ろうと移動する際、フレッドの隣に横たわる亡骸をハリーははっきりと見た。リーマスとトンクスだ。血の気の失せた顔は、静かで安らかだった。魔法のかかった暗い天井の下で、まるで眠っているように見える。

ハリーは、入口からよろよろと後ずさる。大広間が飛び去り、小さく縮んでいくような気がする。胸が詰まる。そのほかにだれが自分のために死んだのかを、亡骸を見て確かめるなどとてもできない。ウィーズリー一家のそばに行くことなど、とてもできない。ウィーズリー家のみなの目を、まともに見ることなどできるわけがない。はじめから自分が我が身を差し出していれば、フレッドは死なずにすんだかもしれないのに……。

ハリーは大広間に背を向けて、大理石の階段を駆け上がる。ルーピン、トンクス……感じることができなければいいのに……心を引き抜いてしまいたい。腸もなにもかも、体の中で悲鳴を上げているすべてのものを、引き抜いてしまうことができればいいのに……。

城の中は、完全に空だった。ゴーストまでが大広間の追悼に加わっているようだ。ハリーは、スネイプの最後の想いが入ったクリスタルのフラスコをにぎりしめて、走り続けた。校長室を警護している石のガーゴイル像の前に着くまで、ハリーは速度を緩めなかった。

「合言葉は？」

「ダンブルドア！」

ハリーは反射的にさけぶ。ハリーがどうしても会いたかったのが、ダンブルドアだったからだ。驚いたことに、ガーゴイルは横に滑り、背後の螺旋階段が現れる。

円形の校長室に飛び込んだハリーは、ある変化が起こっているのに気づく。周囲の壁に掛かっている肖像画は、すべて背景だけになっている。歴代校長はだれ一人として、ハリーを待ち受けてはいなかった。どうやら全員が状況をよく見ようと、城に掛けられている絵画の中を駆け抜けているらしい。

ハリーはがっかりして、校長の椅子の真後ろに掛かっている、ダンブルドアのいない額をちらりと見上げ、すぐに背を向ける。石の「憂いの篩」が、いつもの戸棚の中に置かれている。ハリーは、それを持ち上げて机の上に置き、ルーン文字を縁に刻んだ大きな水盆に、スネイプの記憶を注ぎ込む。だれかほかの人間の頭の中に逃げ込めれば、どんなに気が休まることか……たとえあのスネイプがハリーに遺したものであれ、ハリー自身の想いより悪いはずがない。記憶は銀白色の不思議な渦を巻く。どうにでもなれと自暴自棄な気持ちで、自分を責め苛む悲しみを、この記憶が和らげてくれるとでもいうように、ハリーは迷わず渦に飛び込んだ。

頭から先に陽の光を浴び、ハリーの両足は温かな大地を踏んだ。立ち上がると、ほとんどだれもいない遊び場にいる。遠くに見える街の家並の上に、巨大な煙突が一本そそり立っている。女の子が二人、それぞれブランコに乗って前後に揺れている。やせた男の子が、その背後の潅木の茂みからじっと二人を見ていた。男の子の黒い髪は伸び放題で、服装はわざとそうしたかと思えるほど、ひどくちぐはぐだ。短すぎるジーンズにおとなの男物らしいだぶだぶでみすぼらしい上着、おかしなスモックのようなシャツを着ている。

ハリーは男の子に近づく。せいぜい九歳か十歳のスネイプだ。顔色が悪く、小さくて筋張っている。ブランコをどんどん高く漕いでいるほうの少女を見つめるスネイプの細長い顔には、憧れがむき出しになっている。

「リリー、そんなことしちゃだめ！」もう一人の少女が、金切り声を上げる。

しかしリリーは、ブランコが弧を描いた一番高いところで手を離して飛び出し、大きな笑い声を上げながら、上空に向かって文字どおり空を飛んだ。そして、遊び場のアスファルトに墜落してくしゃくしゃになるどころか、空中ブランコ乗りのように舞い上がって、異常に長い間空中に留まり、不自然なほど軽々と着地した。

「ママが、そんなことしちゃいけないって言ったわ！」

ペチュニアは、ずるずる音を立てて、サンダルの踵でブランコにブレーキをかけ、ぴょんと立ち上がって腰に両手を当てる。

「リリー、あなたがそんなことするのは許さないって、ママが言ったわ！」

「だって、わたしは大丈夫よ」

リリーは、まだくすくす笑っている。

「チュニー、これ見て。わたし、こんなことができるのよ」

ペチュニアはちらりとまわりを見る。遊び場には二人のほかにだれもいない。二人に隠れて、スネイプがいるだけだ。リリーは、スネイプが潜む茂みの前に落ちている花を拾い上げる。ペチュニアは、見たい気持ちと許したくない気持ちの間で明らかに揺れ動きながらも、リリーに近づく。リリーは、ペチュニアがよく見えるように近くにくるまで待ってから、手を突き出す。花は、その手のひらの中で、ひだの多い奇妙な牡蠣（かき）のように、花びらを開いたり閉じたりしていた。

「やめて！」ペチュニアが金切り声を上げる。

「なにも悪さはしてないわ」そうは言ったが、リリーは手を閉じて、花を放り投げる。

「いいことじゃないわ」

ペチュニアはそう言いながらも、目は飛んでいく花を追い、地面に落ちてからもしばらく見ていた。

「どうやってやるの？」ペチュニアの声には、はっきりと羨（うらや）ましさが滲（にじ）んでいる。

「わかり切ったことじゃないか？」

スネイプはもうがまんできなくなって、茂みの陰から飛び出す。ペチュニアは悲鳴を上げてブランコのほうに駆けもどる。しかしリリーは、明らかに驚いてはいたが、その場から動かなかった。スネイプは、姿を現したことを後悔している様子だ。リリーを見るスネイプの土気色の頬に、鈍い赤みが注す。

「わかり切ったことって?」リリーが聞く。

スネイプは興奮し、落ち着きを失っているように見える。離れたところで、ブランコの横をうろうろしているペチュニアにちらりと目をやりながら、スネイプは声を落として言う。

「僕はきみがなんだか知っている」

「どういうこと?」

「きみは……きみは魔女だ」スネイプがささやいた。

リリーは侮辱されたような顔をする。

「そんなこと、他人に言うのは失礼よ!」

リリーはスネイプに背を向け、つんと上を向いて、鼻息も荒くペチュニアのほうに歩いていく。

「ちがうんだ!」

スネイプは、いまや真っ赤な顔をしていた。ハリーは、スネイプがどうしてばかばかしいほどだぶだぶの上着を脱がないのだろう、と訝る。その下に着ているスモックを見られたくないのだろうか? スネイプは二人の少女を追いかける。おとなのスネイプと同じように、まるで滑稽なコウモリのような姿だ。

二人の姉妹は、反感という気持ちで団結し、ブランコの支柱が鬼ごっこの「たんま」の場所ででもあるかのようにつかまって、スネイプを観察している。

「きみはほんとに、そうなんだ」

スネイプがリリーに言う。

「きみは魔女なんだ。僕はしばらくきみのことを見ていた。でも、なにも悪いことじゃない。僕のママも魔女で、僕は魔法使いだ」

ペチュニアは、冷水のような笑いを浴びせる。

「魔法使い！」

突然現れた男の子に驚きはしたが、もうそのショックから回復して、負けん気がもどったペチュニアがさけぶ。

「私は、あなたがだれだか知ってるわ。スネイプって子でしょう！　この人たち、川の近くのスピナーズ・エンドに住んでるのよ」

ペチュニアがリリーに告げる。ペチュニアの口調から、その住所が芳しくない場所だと考えられていることは明らかだ。

「どうして、私たちのことをスパイしていたの？」

「スパイなんかしていない」

明るい太陽の下で、スネイプは暑苦しく、不快で、髪の汚れが目立つ。

「どっちにしろ、おまえなんかスパイしていない」スネイプは意地悪くつけ加えた。「おまえはマグルだ」

ペチュニアは、その言葉がわかっていないようだったが、スネイプの声の調子はまちがえようもない。

「リリー、行きましょう。帰るのよ！」

ペチュニアがかん高い声で言い放つ。リリーはすぐに従い、去り際にスネイプを睨みつけた。遊び場の門をさっさと出ていく姉妹を、スネイプはじっと見ていた。ただ一人その場に残って観察していたハリーには、スネイプが苦い失望を嚙みしめているのがわかる。そしてスネイプが、このときのために、しばらく前から準備していたことを理解する。それなのに、うまくいかなかった……。

場面が消え、いつの間にかハリーの周囲が形を変えている。今度は低木の小さな茂みの中にいた。木の幹を通して、太陽に輝く川が見える。木々の影が、涼しい緑の木陰を作っている。子供が二人、足を組み、向かい合って地面に座っている。スネイプは、今回は上着を脱いでいた。おかしなスモックは、木陰の薄明かりではそれほど変に見えない。

「……それで、魔法省は、だれかが学校の外で魔法を使うと、罰することができるんだ。手紙がくる」

「でもわたし、もう学校の外で魔法を使ったわ！」

「僕たちは大丈夫だ。まだ杖を持っていない。まだ子供だし、自分ではどうにもできないから、許してくれるんだ。でも十一歳になったら――」

スネイプは重々しくうなずく。

「そして訓練を受けはじめたら、そのときは注意しなければいけない」

二人ともしばらく沈黙する。リリーは小枝を拾って、空中にくるくると円を描く。小枝から火花が散るところを想像しているのが、ハリーにはわかる。それからリリーは小枝を落とし、男の子に顔を近づけて、こう言った。

「ほんとなのね？　冗談じゃないのね？　ペチュニアは、あなたがわたしに嘘をついているんだって言うの。ペチュニアは、ホグワーツなんてないって言うの。でも、ほんとなのね？」

「僕たちにとっては、本当だ」スネイプが言う。「でもペチュニアにとってじゃない。僕たちには手紙がくる。きみと僕に」

「そうなの？」リリーが小声で聞く。

「絶対だ」スネイプが言い切る。

髪は不揃いに切られ、服装もおかしかったが、自分の運命に対して確信に満ちあふれるスネイプが、手足を伸ばしてリリーの前に座っているさまは、奇妙に印象的だった。

「それで、本当にふくろうが運んでくるの?」リリーがささやくように聞く。

「普通はね」スネイプが答える。「でも、きみはマグル生まれだから、学校からだれかがきて、きみのご両親に説明しないといけないんだ」

「なにかちがうの? マグル生まれって」

スネイプは躊躇(ちゅうちょ)する。黒い目が、緑の木陰で熱を帯び、色白の顔と深い色の赤い髪を眺める。

「いいや」スネイプが答えた。「なにもちがわない」

「よかった」

リリーは、緊張が解けたような顔をする。ずっと心配していたのは明らかだ。

「きみは魔法の力をたくさん持っている」スネイプが言う。「僕にはそれがわかったんだ。ずっときみを見ていたから……」

スネイプの声は先細りになる。リリーは聞いていなかった。緑豊かな地面に寝転んで体を伸ばし、頭上の林冠(りんかん)を見上げている。スネイプは、遊び場で見ていたときと同じように熱っぽい目で、リリーを見つめる。

「お家の様子はどうなの?」リリーが聞いた。

スネイプの眉間(みけん)に、小さなしわが現れる。

「大丈夫だ」スネイプが答える。

「ご両親は、もうけんかしていないの？」

「そりゃ、してるさ。あの二人はけんかばかりしてるよ」

スネイプは木の葉を片手につかみ取ってちぎりはじめたが、自分ではなにをしているのか気づいていないらしい。

「だけど、もう長くはない。僕はいなくなる」

「あなたのパパは、魔法が好きじゃないの？」

「あの人はなんにも好きじゃない。あんまり」スネイプが言う。

「セブルス？」

リリーに名前を呼ばれたとき、スネイプの唇が、かすかな笑いで歪んだ。

「なに？」

「吸魂鬼のこと、また話して」

「なんのために、あいつらのことなんか知りたいんだ？」

「もしわたしが、学校の外で魔法を使ったら――」

「そんなことで、だれもきみを吸魂鬼に引き渡したりはしないさ！　吸魂鬼というのは、本当に悪いことをした人のためにいるんだから。魔法使いの監獄、アズカバンの看守をしている。きみがアズカバンになんか行くものか。きみみたいに――」

スネイプはまた赤くなって、さらに葉をむしる。すると後ろでカサカサと小さな音がする。ハリーは振り向いた。木の陰に隠れていたペチュニアが、足場を踏み外したところだ。

「チュニー！」

リリーの声は、驚きながらもうれしそうな響きだ。しかし、スネイプははじかれたように立ち上がる。

「今度は、どっちがスパイだ？」スネイプがさけぶ。「なんの用だ？」

ペチュニアは見つかったことに愕然として、息もつけない様子でいる。ハリーには、ペチュニアがスネイプを傷つける言葉を探しているのがわかる。

「あなたの着ている物は、いったいなに？」

ペチュニアは、スネイプの胸を指さして言い立てる。

「ママのブラウス？」

ボキッと音がして、ペチュニアの頭上の枝が落ちてきた。リリーが悲鳴を上げる。枝はペチュニアの肩に当たり、ペチュニアは後ろによろけてわっと泣き出した。

「チュニー！」

しかし、ペチュニアはもう走り出していた。リリーはスネイプに食ってかかる。

「あなたのしたことね？」

「ちがう」

スネイプは挑戦的になり、同時に恐れているようだ。

「あなたがしたのよ！」

リリーはスネイプのほうを向いたまま、後ずさりしはじめる。

「そうよ！　ペチュニアを痛い目にあわせたのよ！」

「ちがう――僕はやっていない！」

しかし、リリーはスネイプの嘘に納得しなかった。激しい目つきで睨みつけ、小さな茂みから駆け出して、ペチュニアを追った。スネイプは、惨めな、戸惑った顔で見送っていた……。


そして場面が変わる。ハリーが見回すと、そこは九と四分の三番線で、ハリーの横に、やや猫背のスネイプが立ち、その隣にスネイプとそっくりな、やせて土気色の顔をした気難しそうな女性が立っている。スネイプは、少し離れたところにいる四人家族をじっと見ている。二人の女の子が、両親から少し離れて立っていた。リリーがなにか訴えているようだ。ハリーは少し近づいて聞き耳を立てる。

「……ごめんなさい、チュニー、ごめんなさい！　ねぇ――」

リリーはペチュニアの手を取って、引っ込めようとする手をしっかりにぎる。

「たぶん、わたしがそこに行ったら――ねぇ、聞いてよ、チュニー！　たぶん、わたしがそこに行けば、ダンブルドア教授のところに行って、気持ちが変わるように説得できると思うわ！」

「私――行きたく――なんか――ない！」

ペチュニアは、にぎられている手を振り解こうと、引く。

「私がそんな、ばかばかしい城なんかに行きたいわけないでしょ。なんのために勉強して、わざわざそんな――そんな――」

ペチュニアの色の薄い目が、プラットホームをぐるりと見回す。飼い主の腕の中でニャーニャー鳴いている猫や、籠の中で羽ばたきしながらホーホー鳴き交わしているふくろう、そして生徒たち。中には、もう裾長の黒いローブに着替えている生徒もいて、紅の汽車にトランクを積み込んだり、夏休み後の再会を楽しみに歓声を上げ、挨拶を交わしたりしている。

「――私が、なんでそんな――そんな生まれそこないになりたいってわけ？」

ペチュニアはとうとう手を振り解く。リリーは目に涙を溜めている。

「わたしは生まれそこないじゃないわ」リリーが訴える。「そんな、ひどいことを言うなんて」

「あなたは、そういうところに行くのよ」

ペチュニアは、反応を、さも楽しむかのように言い募る。

「生まれそこないのための特殊な学校。あなたも、あのスネイプって子も……変な者同士。二人ともそうなのよ。あなたたちが、まともな人たちから隔離されるのはいいことよ。私たちの安全のためだわ」

リリーは、両親をちらりと見る。二人ともその場を満喫して、心から楽しんでいるような顔でプラットホームを見回している。リリーはペチュニアを振り返り、低い、険しい口調で言い返した。

「あなたは、変人の学校だなんて思っていないはずよ。校長先生に手紙を書いて、自分を入学させてくれって頼み込んだんだもの」

ペチュニアは真っ赤になった。

「頼み込む？　そんなことしてないわ！」

「わたし、校長先生のお返事を見たの。親切なお手紙だったわ」

「読んじゃいけなかったのに――」ペチュニアが小声で言う。「私のプライバシーよ――どうしてそんな――？」

リリーは、近くに立っているスネイプにちらりと目を遣（や）る。それで、白状したも同然だ。

ペチュニアが息を呑（の）む。

「あの子が見つけたのね！　あなたとあの男の子が、私の部屋にこそこそ入って！」

「ちがうわ――こそこそ入ってなんかいない――」

今度はリリーがむきになる。

「セブルスが封筒を見たの。それだけよ！　それで、マグルがホグワーツと接触できるなんて信じられなかったの。それで、セブルスは、郵便局に、変装した魔法使いが働いているにちがいないって言うの。それで、その人たちがきっと――」

「魔法使いって、どこにでも首を突っ込むみたいね！」

ペチュニアは赤くなったと同じくらい青くなっている。

「生まれそこない！」

ペチュニアは、リリーに向かって吐き棄てるように言い、これ見よがしに両親のいるところへもどっていった……。


場面がまた消えた。ホグワーツ特急はガタゴトと田園を走っている。スネイプが列車の通路を急ぎ足で歩いていく。すでに学校のローブに着替えている。たぶんあの不恰好なマグルの服をいち早く脱ぎたかったのだろう。やがてスネイプは、あるコンパートメントの前で立ち止まる。中では騒々しい男の子たちが話している。窓際の隅の席に体を丸めて、リリーが座っていた。顔を窓ガラスに押しつけている。

スネイプはコンパートメントの扉を開け、リリーの前の席に腰掛ける。リリーはちらりとスネイプを見たが、また窓に視線をもどす。泣いていたのだ。

「あなたとは、話したくないわ」リリーが声を詰まらせる。

「どうして？」

「チュニーがわたしを、に――憎んでいるの。ダンブルドアからの手紙を、わたしたちが見たから」

「それが、どうしたって言うんだ？」

リリーは、スネイプなんて大嫌いだという目で見る。

「だってわたしたち、姉妹なのよ！」

「あいつはただの――」

スネイプはすばやく自分を抑えた。気づかれないように涙を拭う（ぬぐう）のに気を取られていたリリーは、スネイプの言葉を聞いていなかった。

「だけど、僕たちは行くんだ！」

スネイプは、興奮を抑え切れない声で言う。

「とうとうだ！　僕たちはホグワーツに行くんだ！」

リリーは目を拭いながらうなずき、思わず半分ほほえむ。

「きみは、スリザリンに入ったほうがいい」

リリーが少し明るくなったのに勇気づけられて、スネイプが言う。

「スリザリン？」

同じコンパートメントの男の子の一人が、そのときまではリリーにもスネイプにもまったく関心を示していなかったのに、その言葉で振り返る。それまで窓際の二人にだけ注意を集中させていたハリーは、はじめて自分の父親に気づく。細身でスネイプと同じ黒い髪だったが、どことなくかわいがられ、むしろちやほやされてきたという雰囲気を漂わせている。スネイプには、明らかに欠けている雰囲気だ。

「スリザリンになんかだれが入るか！　むしろ退学するよ、そうだろう？」

ジェームズは、向かい側の席にゆったりもたれかかっている男子に問いかけた。それがシリウスだと気づいて、ハリーはどきっとする。シリウスはにこりともしない。

「僕の家族は、全員スリザリンだ」シリウスが答える。

「驚いたなあ」ジェームズが声を張り上げる。「だって、きみはまともに見えると思ってたのに！」

シリウスがにやっと笑った。

「たぶん、僕が伝統を破るだろう。きみは、選べるとしたらどこに行く？」

ジェームズは、見えない剣（つるぎ）を捧げ持つ格好をする。

「『グリフィンドール、勇気ある者が住（す）まう寮！』僕の父さんのように」

スネイプが小さく〝ふん〟と言う。ジェームズは、スネイプに向きなおる。

「文句があるのか？」

「いや」

言葉とは裏腹に、スネイプはかすかに嘲笑っている。

「きみが、頭脳派より肉体派がいいならね――」

「きみはどこに行きたいんだ？　どっちでもないようだけど」シリウスが口を挟んだ。

ジェームズが爆笑する。リリーは顔を相当に赤くして座りなおし、大嫌いという表情でジェームズとシリウスを交互に見る。

「セブルス、行きましょう。別なコンパートメントに」

「おぉぉぉぉぉ……」

ジェームズとシリウスが、リリーのつんとした声をまねた。ジェームズは、スネイプが通るとき、足を引っかけようとする。

「まーたな、スニベルス！」

中から声が呼びかけ、コンパートメントの扉がバタンと閉まる……。

そしてまた場面が消えた……。

ハリーはスネイプのすぐ後ろで、蠟燭に照らされた寮のテーブルに向かって立っていた。テーブルには、夢中で見つめる顔がずらりと並んでいる。そのとき、マクゴナガル教授が呼んだ。

「エバンズ、リリー！」

ハリーは、自分の母親が震える足で進み出て、ぐらぐらした丸椅子に腰掛けるのを見守った。マクゴナガル教授が組分け帽子をリリーの頭にかぶせる。すると、深みのある赤い髪に触れた瞬間、一秒とかからずに、「帽子」がさけんだ。

「グリフィンドール！」

ハリーは、スネイプが小さくうめき声を漏らすのを聞いた。リリーは「帽子」を脱ぎ、マクゴナガル教授に返して、歓迎に沸くグリフィンドール生の席に急ぐ。しかし、途中でスネイプをちらりと振り返るリリーの顔には、悲しげな微笑が浮かんでいた。ベンチに腰掛けていたシリウスが横に詰めて、リリーに席を空ける。リリーは、一目で列車で会った男子だとわかったらしく、腕組みをしてあからさまにそっぽを向く。

点呼が続く。ハリーは、ルーピン、ペティグリュー、そして父親が、リリーとシリウスのいるグリフィンドールのテーブルに加わるのを見る。そして、あと十数人の組分けを残すだけになり、マクゴナガル教授がスネイプの名前を呼んだ。

ハリーは一緒に丸椅子まで歩き、スネイプが帽子を頭に載せるのを見る。

「スリザリン！」組分け帽子がさけぶ。

そしてセブルス・スネイプは、リリーから遠ざかるように大広間の反対側に移動し、スリザリン生の歓迎に迎えられた。監督生(かんとくせい)バッジを胸に光らせたルシウス・マルフォイが、隣に座ったスネイプの背中を軽くたたく……。

そして場面が変わった……。


リリーとスネイプが、城の中庭を歩いている。明らかに議論している様子だ。ハリーは急いで追いかけ、聞こうとした。追いついてみると、二人がどんなに背が伸びているかに気づく。組分けから数年経っているようだ。

「……僕たちは友達じゃなかったのか？」スネイプが言っている。「親友だろう？」

「そうよ、セブ。でも、あなたが付き合っている人たちの、何人かが嫌いなの！　悪いけど、エイブリーとかマルシベール。マルシベールなんて！　セブ、あの人のどこがいいの？　あの人、ぞっとするわ！　この間、あの人が、メリー・マクドナルドになにをしようとしたか、あなた知ってる？」

リリーは柱に近づいて寄りかかり、細長い土気色の顔を覗き込む。

「あんなこと、なんでもない」スネイプが言う。「冗談だよ。それだけだ――」

「あれは『闇の魔術』よ。あなたが、あれがただの冗談だなんて思うのなら――」

「ポッターと仲間がやっていることは、どうなんだ?」

スネイプが切り返す。憤りを抑えられないらしく、言葉と同時に、スネイプの顔に血が上る。

「ポッターと、なんの関係があるの?」

「夜こっそり出歩いている。ルーピンてやつ、なんだか怪しい。あいつはいったい、いつもどこに行くんだ?」

「あの人は病気よ」リリーが答える。「病気だってみんなが言ってるわ――」

「毎月、満月のときに?」スネイプの言葉に不審が潜む。

「あなたがなにを考えているかは、わかっているわ」

リリーの答えは冷たい口調になった。

「どうして、あの人たちにそんなにこだわるの? あの人たちが夜なにをしているかが、なぜ気になるの?」

「僕はただ、あの連中は、みんなが思っているほどすばらしいわけじゃないって、きみに教えようとしているだけだ」

スネイプのまなざしの激しさに、リリーは頰を赤らめる。

「でも、あの人たちは、闇の魔術を使わないわ」リリーは声を低くする。「それに、あなたはとても恩知らずよ。このあいだの晩になにがあったか、聞いたわ。あなたは『暴れ柳』のそばのトンネルをこっそり下りていって、そこでなにがあったかは知らないけれど、ジェームズ・ポッターがあなたを救ったと――」

スネイプの顔が大きく歪み、吐き棄てるように言った。

「救った？　救っただって？　きみはあいつが英雄だと思っているのか？　あいつは自分自身と自分の仲間を救っただけだ！　きみは絶対にあいつに――僕がきみに許さない――」

「わたしになにを許さないの？　ねえ、なにを許さないって言うの？」

リリーの明るい緑の目が、細い線になる。スネイプはすぐに言いなおした。

「そういうつもりじゃ――ただ僕は、きみがだまされるのを見たくない――あいつは、きみに気がある。ジェームズ・ポッターは、きみのことが好きなんだ！」

言葉がスネイプの意に反して、むりやり出てきたかのようだ。

「だけどあいつは、ちがうんだ……みんながそう思っているみたいな……クィディッチの大物ヒーローだとか――」

スネイプは、苦々しさと嫌悪感とで、支離滅裂になっている。リリーの眉が次第に高く吊り上がっていく。

「ジェームズ・ポッターが、傲慢でいやなやつなのはわかっているわ」

リリーは、スネイプの言葉を遮った。

「あなたに言われるまでもないわ。でも、マルシベールとかエイブリーが冗談のつもりでしていることは、邪悪そのものだわ。セブ、邪悪なことなのよ。あなたが、どうしてあんな人たちと友達になれるのか、わたしにはわからない」

リリーの、マルシベールとエイブリーを非難する言葉を、果たしてスネイプが聞いたかどうかさえ疑わしいと、ハリーは思う。リリーがジェームズ・ポッターをけなすのを聞いたとたん、スネイプの体全体が緩み、二人でまた歩き出したときには、スネイプの足取りははずんでいた……。

そして場面が変わる……。

ハリーは、以前に見たことのある光景を見ている。OWL試験の「闇の魔術に対する防衛術」を終えたスネイプが、大広間を出て、どこという当てもない様子で城から離れて歩いている。たまたまスネイプが向かった先は、ジェームズ、シリウス、ルーピン、そしてペティグリューが一緒に座っているブナの木の下のすぐそばだった。ハリーは、今回は距離を置いて見ることにした。ジェームズがセブルスを宙吊りにして侮辱したあとに、なにが起こったかを知っているからだ。なにが行われ、なにが言われたかを知っている。それを繰り返して聞きたくはなかった。ハリーは、リリーがその集団に割り込み、スネイプを擁護しはじめるのを見る。屈辱感と怒りで、スネイプがリリーに向かって許しがたい言葉を吐くのが、遠くに聞こえた。

「穢れた血」

場面が変わった……。

「許してくれ」

「聞きたくないわ」

「許してくれ！」

「言うだけむだよ」

夜だった。リリーは部屋着を着て、グリフィンドール塔の入口の、「太った婦人」の肖像画の前で、腕組みをして立っていた。

「メリーが、あなたがここで夜明かしすると脅しているって言うから、きただけよ」

「そのとおりだ。そうしたかもしれない。けっしてきみを『穢れた血』と呼ぶつもりなどなかった。ただ――」

「口が滑ったって？」リリーの声には、哀れみなどない。「もう遅いわ。わたしは何年も、あなたのことを庇ってきた。わたしがあなたと口をきくことさえ、どうしてなのか、わたしの友達はだれも理解できないのよ。あなたと大切な『死喰い人』のお友達のこと——ほら、あなたは否定もしない！　あなたたち全員がそれになろうとしていることを、否定もしない！　『例のあの人』の一味になるのが待ち遠しいでしょうね？」

スネイプは口を開きかけたが、なにも言わずに閉じる。

「わたしにはもう、自分に嘘はつけないわ。あなたはあなたの道を選んだし、わたしはわたしの道を選んだのよ」

「お願いだ——聞いてくれ。僕はけっして——」

「——わたしを『穢れた血』と呼ぶつもりはなかった？　でも、セブルス、あなたは、わたしと同じ生まれの人全部を、『穢れた血』と呼んでいるわ。どうしてわたしだけがちがうと言えるの？」

セブルスは、なにか言おうともがいている。しかし、リリーは軽蔑した顔でスネイプに背を向け、肖像画の穴を登ってもどっていった……。

廊下は消えたが、場面が変わるまでにいままでより長い時間がかかった。ハリーは、形や色が置き換わる中を飛んでいるような気がした。やがて周囲がふたたびはっきりし、ハリーは闇の中で、侘しく冷たい丘の上に立っていた。木の葉の落ちた数本の木の枝を、風がヒューヒュー吹き鳴らしている。おとなになったスネイプが、息を切らしながら、杖をしっかりにぎりしめて、なにかを、いやだれかを待ってその場でぐるぐる回っている……自分には危害が及ばないと知ってはいても、スネイプの恐怖がハリーにも乗り移り、ハリーは、スネイプがなにを待っているのかと訝りながら、後ろを振り返る――。

　すると、目もくらむような白い光線が闇をつんざいてじぐざぐに走った。稲妻だとハリーは思った。ところが、スネイプの手から杖が吹き飛ばされ、スネイプはがくりと膝をつく。

「殺さないでくれ！」

「わしには、そんなつもりはない」

　ダンブルドアが「姿現わし」した音は、枝を鳴らす風の音に飲み込まれていた。スネイプの前に立つダンブルドアは、ローブを体のまわりにはためかせ、その顔は下からの杖灯りに照らされている。

「さて、セブルス？　ヴォルデモート卿が、わしになんの伝言かな？」

「ちがう――伝言ではない――私は自分のことでここにきた！」

　スネイプは両手を揉みしだいている。黒い髪が顔のまわりにバラバラにほつれて飛び、狂乱した様子に見える。

「私は――警告にきた――いや、お願いに――どうか――」

　ダンブルドアは軽く杖を振る。木の葉も枝も吹きすさぶ夜風にあおられ続けている周囲とは切り離されたように、ダンブルドアとスネイプが向かい合っている場所だけが静かになる。

「死喰い人が、わしになんの頼みがあると言うのじゃ？」

「あの――あの予言は……あの予測は……トレローニーの……」

「おう、そうじゃ」ダンブルドアが言う。「ヴォルデモート卿に、どれだけ伝えたのかな？」

「すべてを――聞いたことのすべてを！」スネイプが答える。「それがために――それが理由で――『あの方』は、それがリリー・エバンズだとお考えだ！」

「予言は、女性には触れておらぬ」ダンブルドアが言う。「七月の末に生まれる男の子の話じゃ」

「あなたは、私の言うことがおわかりになっている！『あの方』は、それがリリーの息子だとお考えだ。『あの方』はリリーを追いつめ――殺すおつもりだ――」

「あの女がおまえにとってそれほど大切なら――」ダンブルドアが言う。「ヴォルデモート卿は、リリーを見逃してくれるにちがいなかろう？　息子と引き換えに、母親への慈悲を願うことはできぬのか？」

「そうしました――私はお願いしました」

「見下げ果てたやつじゃ」ダンブルドアが言い放つ。

ハリーは、これほど侮蔑（ぶべつ）のこもったダンブルドアの声を、聞いたことがない。スネイプはわずかに身を縮めたように見える。

「それでは、リリーの夫や子供が死んでも、気にせぬのか？　自分の願いさえ叶えば、あとの二人は死んでもいいと言うのか？」

スネイプはなにも言わず、ただ黙ってダンブルドアを見上げる。

「それでは、全員を隠してください」スネイプはかすれ声で懇願する。「あの女（ひと）を――全員を――安全に。お願いです」

「その代わりに、わしにはなにをくれるのじゃ、セブルス？」

「か――代わりに？」

スネイプはぽかんと口を開けて、ダンブルドアを見る。ハリーはスネイプが抗議するだろうと予想したが、しばらく黙ったあとにスネイプは口にした。

「なんなりと」

丘の上の光景が消え、ハリーはダンブルドアの校長室に立っていた。なにかが、傷ついた獣のような恐ろしいうめき声を上げている。スネイプがぐったりと前屈みになって椅子に腰掛け、ダンブルドアは立ったまま、暗い顔でその姿を見下ろしている。

やがてスネイプが顔を上げた。荒涼としたあの丘の上の光景以来、スネイプは百年もの間、悲惨に生きてきたような顔をしていた。

「あなたなら……きっと……あの女(ひと)を……護ると思った……」

「リリーもジェームズも、まちがった人間を信用したのじゃ」ダンブルドアが言う。「おまえも同じじゃな、セブルス。ヴォルデモート卿(きょう)が、リリーを見逃すと期待しておったのではないかな？」

スネイプは、ハアハアと苦しそうな息遣いだ。

「リリーの子は生き残っておる」ダンブルドアが言った。

スネイプは、ぎくっと小さく頭をひと振りする。うるさいハエを追うような仕草に見えた。

「リリーの息子は生きておる。その男の子は、彼女の目を持っている。そっくり同じ目だ。リリー・エバンズの目の形も色も、おまえは覚えておるじゃろうな？」

「やめてくれ！」スネイプが大声を上げる。「もういない……死んでしまった……」

「後悔か、セブルス？」

「私も……私も死にたい……」

「しかし、おまえの死が、だれの役に立つというのじゃ？」ダンブルドアは冷たく言い放った。「リリー・エバンズを愛していたなら、本当に愛していたなら、これからのおまえの道は、はっきりしておる」

スネイプは苦痛の靄の中を、じっと見透かしているように見える。ダンブルドアの言葉がスネイプに届くまで、長い時間が必要であるかのようだ。

「どう――どういうことですか？」

「リリーがどのようにして、なぜ死んだかわかっておるじゃろう。その死をむだにせぬことじゃ。リリーの息子を、わしが護るのを手伝うのじゃ」

「護る必要などありません。闇の帝王はいなくなって――」

「――闇の帝王はもどってくる。そしてそのとき、ハリー・ポッターは非常な危険に陥る」

長い間沈黙が続き、スネイプは次第に自分を取りもどし、呼吸も整ってきた。ようやくスネイプが口を開く。

「なるほど。わかりました。しかし、ダンブルドア、けっして――けっして明かさないでください！　このことは、私たち二人の間だけに留めてください！　誓ってそうしてください！　私には耐えられない……とくにポッターの息子などに……約束してください！」

「約束しよう、セブルス。きみの最もよいところを、けっして明かさぬということじゃな？」

ダンブルドアは、スネイプの残忍な、しかし苦悶に満ちた顔を見下ろしながら、ため息をつく。

「きみの、たっての望みとあらば……」


校長室が消えたが、すぐに元の形になった。スネイプがダンブルドアの前を往ったりきたりしている。

「――凡庸、父親と同じく傲慢、規則破りの常習犯、有名であることを鼻にかけ、目立ちたがり屋で、生意気で――」

「セブルス、そう思って見るから、そう見えるのじゃよ」

ダンブルドアは「変身現代」から目も上げずに言う。

「ほかの先生方の報告では、あの子は控えめで人に好かれるし、ある程度の能力もある。わし個人としては、なかなか人を惹きつける子じゃと思うがのう」

ダンブルドアはページをめくり、本から目を上げずに言い添える。

「クィレルから目を離すでないぞ、よいな？」


色が渦巻き、今度はすべてが暗くなった。スネイプとダンブルドアは、玄関ホールで少し離れて立っていた。クリスマス・ダンスパーティの最後の門限破りたちが、二人の前を通り過ぎて寮にもどっていく。

「どうじゃな?」ダンブルドアがつぶやくように言う。

「カルカロフの腕の刻印も濃くなってきました。あいつはあわてふためいています。制裁を恐れています。闇の帝王が凋落したあと、あいつがどれほど魔法省の役に立ったか、ご存知でしょう」

スネイプは横を向いて、鼻の折れ曲がったダンブルドアの横顔を見る。

「カルカロフは、もし刻印が熱くなったら、逃亡するつもりです」

「そうかの?」

ダンブルドアは静かに言う。フラー・デラクールとロジャー・デイビースが、くすくす笑いながら校庭からもどってくる。

「きみも、一緒に逃亡したいのかな?」

「いいえ」

スネイプの暗い目が、もどっていくフラーとロジャーの後ろ姿を追っている。

「私は、そんな臆病者ではない」

「そうじゃな」ダンブルドアがうなずく。「きみはイゴール・カルカロフより、ずっと勇敢な男じゃ。のう、わしはときどき、『組分け』が性急すぎるのではないかと思うことがある……」

ダンブルドアは、雷に撃たれたような表情のスネイプをあとに残して立ち去った……。

そして次に、ハリーはもう一度校長室に立っていた。夜だった。ダンブルドアは、机の後ろの王座のような椅子に、斜めにぐったりもたれている。どうやら半分気を失っている。黒く焼け焦げた右手が、椅子の横にだらりと垂れている。スネイプは、杖(つえ)をダンブルドアの手首に向けて呪文を唱えながら、左手で、金色の濃い薬をなみなみと満たしたゴブレットを傾け、ダンブルドアの喉(のど)に流し込んでいる。やがてダンブルドアの瞼(まぶた)がひくひく動き、目が開く。

「なぜ」スネイプは前置きもなしに言う。「なぜその指輪をはめたのです？　それには呪いがかかっている。当然ご存知だったでしょう。なぜ触れたりしたのですか？」

マールヴォロ・ゴーントの指輪が、ダンブルドアの前の机に載っていた。割れている。グリフィンドールの剣(つるぎ)がその脇に置いてある。

ダンブルドアは、顔をしかめる。

「わしは……愚かじゃった。いたく、そそられてしもうた……」

「なにに、そそられたのです？」

ダンブルドアは答えない。

「ここまでもどってこられたのは、奇跡です！」

スネイプは怒ったように言う。

「その指輪には、異常に強力な呪いがかかっていました。うまくいっても、せいぜいその力を封じ込めることしかできません。呪いを片方の手に抑え込みました。しばしの間だけ――」

ダンブルドアは黒ずんで使えなくなった手を挙げ、珍しい骨董品を見せられたような表情で、矯めつ眇めつ眺めている。

「よくやってくれた、セブルス。わしはあとどのくらいかのう？」

ダンブルドアの口調は、ごくあたりまえの話をしているように軽かった。天気予報でも聞いているような調子だった。スネイプは躊躇したが、やがて答えた。

「はっきりとはわかりません。おそらく一年。これほどの呪いを永久にとどめておくことはできません。結局は、広がるでしょう。時間とともに強力になる種類の呪文です」

ダンブルドアはほほえんだ。あと一年も生きられないという報せも、ほとんど、いや、まったく気にならないかのようだ。

「わしは幸運じゃ。セブルス、きみがいてくれて、わしは非常に幸運じゃ」

「私をもう少し早く呼んでくださったら、もっとなにかできたものを。もっと時間を延ばせたのに！」

スネイプは憤慨しながら、割れた指輪と剣を見下ろす。

「指輪を割れば、呪いも破れると思ったのですか？」

「そんなようなものじゃ……わしは熱に浮かされておったようじゃ、まぎれもなく……」

ダンブルドアがつぶやく。そして力を振りしぼって、椅子に座りなおす。

「いや、まことに、これで、事はずっと単純明快になる」

スネイプは、まったく当惑した顔をする。ダンブルドアはほほえむ。

「わしが言うておるのは、ヴォルデモート卿がわしの周囲に巡らしておる計画のことじゃ。哀れなマルフォイ少年に、わしを殺させるという計画じゃ」

スネイプは、ダンブルドアの机の前の椅子に腰掛ける。ハリーが何度も掛けた椅子だ。ダンブルドアの呪われた手について、スネイプがもっとなにか言おうとしているのがハリーにはわかったが、ダンブルドアはこの話題は打ち切るという丁寧な断りの印に、その手を挙げた。スネイプは、顔をしかめながら口を開く。

「闇の帝王は、ドラコが成功するとは期待していません。これは、ルシウスが先ごろ失敗したことへの、懲罰にすぎないのです。ドラコの両親は、息子が失敗し、その代償を払うのを見てじわじわと苦しむ」

「つまり、あの子はわしと同じように、確実な死の宣告を受けているということじゃな」ダンブルドアが言う。「さて、わしが思うに、ドラコが失敗すれば当然その仕事を引き継ぐのは、きみじゃろう？」

一瞬、間があく。

「それが、闇の帝王の計画だと思います」

「ヴォルデモート卿（きょう）は、近い将来、ホグワーツにスパイを必要としなくなるときがくると、そう予測しておるのかな？」

「あの方は、まもなく学校を掌握できると信じています。おっしゃるとおりです」

「そして、もし、あの者の手に落ちれば――」

ダンブルドアは、まるで余談だがという口調で確かめる。

「きみは、全力でホグワーツの生徒たちを護ると、約束してくれるじゃろうな？」

スネイプは短くうなずく。

「よろしい。さてと、きみにとっては、ドラコがなにをしようとしているかを見つけ出すのが、最優先課題じゃ。恐怖に駆られた十代の少年は、自分の身を危険にさらすばかりか、他人にまで危害を及ぼす。手助けし、導いてやるとドラコに言うがよい。受け入れるはずじゃ。あの子はきみを好いておる――」

「――そうでもありません。父親が寵愛を失ってからは。ドラコは私を責めています。ルシウスの座を私が奪った、と考えているのです」

「いずれにせよ、やってみることじゃ。わしは自分のことより、あの少年がなにか手立てを思いついたときに、偶然その犠牲になる者のことが心配じゃ。もちろん最終的には、わしらがあの少年をヴォルデモート卿の怒りから救う手段は、たった一つしかない」

スネイプは眉を吊り上げ、茶化すような調子でたずねる。

「あの子に、ご自分を殺させるおつもりですか?」

「いや、いや。きみがわしを殺さねばならぬ」

長い沈黙が流れる。ときどき聞こえるものは、コツコツという奇妙な音だけ。不死鳥のフォークスがイカの甲をついばんでいる音だ。

「いますぐに、やって欲しいですか?」

スネイプの声は皮肉たっぷりだ。

「それとも、少しの間、墓に刻む墓碑銘をお考えになる時間が要りますか?」

「おお、そうは急がぬ」ダンブルドアがほほえみながら言う。

「そうじゃな、そのときは自然にやってくると言えよう。今夜の出来事からして」

ダンブルドアは萎えた手を指す。「そのときは、まちがいなく一年以内にくる」

「死んでもいいのなら」スネイプは乱暴な言い方をする。「ドラコにそうさせてやったら、いかがですか？」

「あの少年の魂は、まだそれほど壊されておらぬ」ダンブルドアが返す。「わしのせいで、その魂を引き裂かせたりはできぬ」

「それでは、ダンブルドア、私の魂は？　私のは？」

「老人の苦痛と屈辱を回避する手助けをすることで、きみの魂が傷つくかどうかは、きみだけが知っていることじゃ」

ダンブルドアが続ける。

「これはわしの、きみへのたっての頼みじゃ、セブルス。なにしろ、わしに死が訪れるというのは、チャドリー・キャノンズが今年のリーグ戦を最下位で終えるというのと同じくらい確かなことじゃからのう。白状するが、わしは、すばやく痛みもなしに去るほうが好みじゃ。たとえばグレイバックなどがかかわって、長々と見苦しいことになるよりはのう――ヴォルデモートがやつを雇ったと聞いたが？　または、獲物を食らう前にもてあそぶのが好きな、ベラトリックス嬢などともかかわりとうはないのう」

ダンブルドアは気楽な口調だったが、かつて何度もハリーを貫くように見たそのブルーの目はスネイプを鋭く貫いている。まるでいま話題にしている魂が、ダンブルドアの目には見えているかのようだ。ついにスネイプは、また短くうなずく。

ダンブルドアは満足げだった。

「ありがとう、セブルス……」


校長室が消え、スネイプとダンブルドアが、今度は夕暮れの、だれもいない校庭を並んでそぞろ歩いている。

「ポッターと、幾晩も密かに閉じこもって、なにをなさっているのですか？」

スネイプが唐突に聞く。

ダンブルドアは、疲れた様子でいる。

「なぜ聞くのかね？　セブルス、あの子に、また罰則を与えるつもりではなかろうな？　そのうち、あの子は、罰則で過ごす時間のほうが長くなることじゃろう」

「あいつは父親の再来だ――」

「外見は、そうかも知れぬ。しかし深いところで、あの子の性格は母親のほうに似ておる。わしがハリーとともに時間を過ごすのは、話し合わねばならぬことがあるからじゃ。手遅れにならぬうちに、あの子に伝えなければならぬ情報をな」

「情報を」

スネイプが繰り返す。

「あなたはあの子を信用している……私を信用なさらない」

「これは信用の問題ではない。きみも知ってのとおり、わしには時間がない。あの子が為すべきことを為すために、十分な情報を与えることがきわめて重要なのじゃ」

「ではなぜ、私には、同じ情報をいただけないのですか？」

「すべての秘密を一つの籠に入れておきとうはない。その籠が、長時間ヴォルデモート卿の腕にぶら下がっているとなれば、なおさらじゃ」

「あなたの命令でやっていることです！」

「しかもきみは、非常によくやってくれておる。セブルス、きみが常にどんなに危険な状態に身を置いておるか、わしが過小に評価しているわけではない。ヴォルデモートに価値ある情報と見えるものを伝え、しかも肝心なことは隠しておくという芸当は、きみ以外のだれにも託せぬ仕事じゃ」

「それなのに、あなたは、『閉心術』もできず、魔法も凡庸で、闇の帝王の心と直接に結びついている子供に、より多くのことを打ち明けている！」

「ヴォルデモートは、その結びつきを恐れておる」ダンブルドアが言う。「それほど昔のことではないが、ヴォルデモートは一度だけ、ハリーの心と真に結びつくという経験がどんなものかを、わずかに味わったことがある。それは、ヴォルデモートがかつて経験したことのない苦痛じゃった。もはやふたたび、ハリーに取り憑こうとはせぬじゃろう。わしには確信がある。同じやり方ではやらぬ」

「どうもわかりませんな」

「ヴォルデモート卿の魂は、損傷されているが故に、ハリーのような魂と緊密に接触することに耐えられんのじゃ。凍りついた鋼に舌を当てるような、炎に肉を焼かれるような――」

「魂？　我々は、心の話をしていたはずだ！」

「ハリーとヴォルデモート卿の場合、どちらの話も同じことになるのじゃ」

ダンブルドアはあたりを見回して、二人以外にだれもいないことを確かめる。「禁じられた森」の近くにきていたが、あたりには人の気配はない。

「きみがわしを殺したあとに、セブルス――」

「あなたは、私になにもかも話すことは拒んでおきながら、そこまでのちょっとした奉仕を期待する！」

スネイプはうなるように言い、その細長い顔に心から怒りが燃え上がる。

「ダンブルドア、あなたはなにもかも当然のように考えておいでだ！　私だって気が変わったかもしれないのに！」

「セブルス、きみは誓ってくれた。ところで、きみのするべき奉仕の話が出たついでじゃが、例の若いスリザリン生から、目を離さないと承知してくれたはずじゃが？」

スネイプは憤慨し、反抗的な表情になる。ダンブルドアはため息をつく。

「今夜、わしの部屋にくるがよい、セブルス、十一時に。そうすれば、わしがきみを信用していないなどと、文句は言えなくなるじゃろう……」


そして場面は、ダンブルドアの校長室になる。窓の外は暗く、フォークスは止り木に静かに止まっている。身動きもせずに座っているスネイプのまわりを歩きながら、ダンブルドアが話していた。

「ハリーは知ってはならんのじゃ。最後の最後まで。必要になるときまで。さもなければ、為さねばならぬことをやり遂げる力が、出てくるはずがあろうか？」

「しかし、なにを為さねばならないのです？」

「それはハリーとわしの、二人だけの話じゃ。さて、セブルス、よく聞くのじゃ。そのときはくる――わしの死後に――反論するでない。口を挟むでない！　ヴォルデモート卿が、あの蛇の命を心配しているような気配を見せるときがくるじゃろう」

「ナギニの？」スネイプは驚愕する。

「さよう。ヴォルデモート卿が、あの蛇を使って自分の命令を実行させることをやめ、魔法の保護の下に安全に身近に置いておくときがくる。そのときには、たぶん、ハリーに話しても大丈夫じゃろう」

「なにを話すと？」

ダンブルドアは深く息を吸い、目を閉じる。

「こう話すのじゃ。ヴォルデモート卿があの子を殺そうとした夜、リリーが盾となって自らの命をヴォルデモートの前に投げ出したとき、『死の呪い』はヴォルデモートに撥ね返り、破壊されたヴォルデモートの魂の一部が、崩れ落ちる建物の中に唯一残されていた生きた魂に引っかかったのじゃ。ヴォルデモート卿の一部が、ハリーの中で生きておる。その部分こそが、ハリーに蛇と話す力を与え、ハリーには理解できないでいることじゃが、ヴォルデモートの心とのつながりをもたらしているのじゃ。そして、ヴォルデモートの気づかなかったその魂のかけらが、ハリーに付着してハリーに護られているかぎり、ヴォルデモートは死ぬことができぬ」

ハリーは、長いトンネルの向こうに、二人を見ているような気がした。二人の姿ははるかに遠く、二人の声はハリーの耳の中で奇妙に反響している。

「するとあの子は……あの子は死なねばならぬと？」

スネイプは落ち着きはらって聞きなおした。

「しかも、セブルス、ヴォルデモート自身がそれをせねばならぬ。それが肝心なのじゃ」

ふたたび長い沈黙が流れた。そしてスネイプが口を開いた。

「私は……この長い年月……我々が彼女のために、あの子を護っていると思っていた。リリーのために」

「わしらがあの子を護ってきたのは、あの子に教え、育み、自分の力を試させることが大切だったからじゃ」

目を固く閉じたまま、ダンブルドアが言う。

「その間、あの二人の結びつきは、日を追ってますます強くなっていった。寄生体の成長じゃ。わしはときどき、ハリー自身がそれにうすうす気づいているのではないかと思うたこともある。わしの見込みどおりのハリーなら、いよいよ自分の死に向かって歩み出すそのときには、それがまさにヴォルデモートの最期となるように、取り計らっているはずじゃ」

ダンブルドアは目を開ける。スネイプは、ひどく衝撃を受けた顔をしていた。

「あなたは、死ぬべきときに死ぬことができるようにと、いままで彼を生かしてきたのですか？」

「そう驚くでない、セブルス。いままで、それこそ何人の男や女が死ぬのを見てきたのじゃ？」

「最近は、私が救えなかった者だけです」スネイプが答える。

スネイプは立ち上がった。

「あなたは、私を利用した」

「はて？」

「あなたのために、私は密偵になり、嘘をつき、あなたのために、死ぬほど危険な立場に身を置いてきた。すべてが、リリー・エバンズの息子を安全に護るためのはずだった。いまあなたは、その息子を、屠殺されるべき豚のように育ててきたのだと言う——」

「なんと、セブルス、感動的なことを」ダンブルドアは真顔で言う。「結局、あの子に情が移ったと言うのか？」

「彼に？」

スネイプがさけんだ。

「エクスペクト・パトローナム！　守護霊よ、きたれ！」

スネイプの杖先から、銀色の牝鹿が飛び出した。牝鹿は校長室の床に降り立ち、一跳びで部屋を横切って、窓から姿を消した。ダンブルドアは牝鹿が飛び去るのを見つめている。そして、その銀色の光が薄れたとき、スネイプに向きなおったダンブルドアの目に、涙があふれていた。

「これほどの年月が、経ってもか？」

「永遠に」スネイプが言った。

そして場面が変わった。今度は、ダンブルドアの机の後ろで、スネイプがダンブルドアの肖像画と話しているのが見える。

「きみは、ハリーがおじおばの家を離れる正確な日付を、ヴォルデモートに教えなければならぬぞ」ダンブルドアが指示をする。「そうせねば、きみが十分に情報をつかんでいると信じておるヴォルデモートに、疑念が生じるじゃろう。しかし、囮作戦を仕込んでおかねばならぬ――それで、たぶん、ハリーの安全は確保されるはずじゃ。マンダンガス・フレッチャーに『錯乱の呪文』をかけてみるのじゃ。それから、セブルス、きみが追跡に加わらねばならなくなった場合は、よいか、もっともらしくきみの役割を果たすのじゃ……わしはきみが、なるべく長くヴォルデモート卿の腹心の部下でいてくれることを、頼みの綱にしておる。さもなくば、ホグワーツはカロー兄妹の勝手にされてしまうじゃろう……」

そして次は、見慣れない酒場で、スネイプがマンダンガスと額をつき合わせている場面になる。マンダンガスの顔は奇妙に無表情で、スネイプは眉根を寄せて意識を集中させていた。

「おまえは、不死鳥の騎士団に提案するのだ」

スネイプが呪文を唱えるようにぶつぶつ言い聞かせている。

「囮を使うとな。ポリジュース薬だ。複数のポッターだ。それしかうまくいく方法はない。おまえは、我輩がこれを示唆したことは忘れる。自分の考えとして提案するのだ。わかったな？」

「わかった」

マンダンガスは焦点の合わない目で、ぼそぼそと答えた……。

今度は、箒に乗ったスネイプと並んで、ハリーは雲一つない夜空を飛んでいた。スネイプは、フードをかぶった死喰い人を複数伴っている。前方に、ルーピンと、ハリーになりすましたジョージがいた……一人の死喰い人がスネイプの前に出て、杖を上げ、まっすぐルーピンの背中を狙った——。

「セクタムセンプラ！　切り裂け！」スネイプがさけぶ。

しかし、死喰い人の杖腕を狙ったその呪いは外れて、代わりにジョージに当たってしまった——。

場面は変わって、スネイプがシリウスの昔の寝室でひざまずいている。リリーの古い手紙を読むスネイプの曲がった鼻の先から、涙が滴り落ちている。二ページ目には、ほんの短い文章しか書かれていなかった。

ゲラート・グリンデルバルドの友達だったことがあるなんて。たぶんバチルダはちょっとおかしくなっているのだと思うわ。

愛を込めて
リリー

スネイプは、リリーの署名と「愛を込めて」と書いてあるページを、ローブの奥にしまい込む。それから、一緒に手に持っていた写真を破り、リリーが笑っているほうの切れ端をしまい、ジェームズとハリーの写っているほうの切れ端は、整理簞笥(だんす)の下に捨てた……。

そしてまた場面は変わり、今度は、スネイプがふたたび校長室に立っているところへ、フィニアス・ナイジェラスが急いで自分の肖像画にもどってきた。

「校長！　連中はディーンの森で野宿しています！　あの『穢(けが)れた血』が――」

「その言葉は、使うな！」

「――あのグレンジャーとかいう女の子が、バッグを開くときに場所の名前を言うのを、聞きました！」

「おう、それは重畳！」

校長の椅子の背後で、ダンブルドアの肖像画が声を上げる。

「さて、セブルス、剣じゃ！　必要性と勇気という二つの条件を満たした場合にのみ、剣が手に入るということを忘れぬように――さらに、それを与えたのがきみだということを、ハリーは知ってはならぬ！　ヴォルデモートがハリーの心を読み、もしもきみがハリーのために動いていると知ったら――」

「心得ています」

スネイプは素気なく言うとダンブルドアの肖像画に近づき、額の横を引っ張る。肖像画がぱっと前に開き、背後に隠れた空洞が現れる。その中から、スネイプはグリフィンドールの剣を取り出す。

「それで、この剣をポッターに与えることが、なぜそれほど重要なのか、あなたはまだ教えてはくださらないのですね？」

ローブの上に旅行用マントをさっと羽織りながら、スネイプがたずねる。

「そのつもりは、ない」

ダンブルドアの肖像画が言い切った。

「ハリーには、剣をどうすればよいかがわかるはずじゃ。しかし、セブルス、気をつけるのじゃ。ジョージ・ウィーズリーの事故のあとじゃから、きみが姿を現せば、あの子たちは快く受け入れてはくれまい――」

スネイプは、扉のところで振り返る。

「ご懸念には及びません、ダンブルドア」

スネイプは冷静に言う。

「私に考えがあります……」

スネイプは校長室を出ていった。

ハリーの体が上昇し、「憂い(うれ)の篩(ふるい)」から抜け出ていく。そしてその直後、ハリーはまったく同じ部屋の、絨毯(じゅうたん)の上に横たわっていた。まるでスネイプが、たったいまこの部屋の扉を閉めて、出ていったばかりのように。

第34章　ふたたび森へ

とうとう真実が――。校長室の埃(ほこり)っぽい絨毯(じゅうたん)にうつ伏せに顔を押しつけて、勝利のための秘密を学んでいると思い込んでいたその場所で、ハリーはついに、自分が生き残るべき存在ではないことを悟る。ハリーの任務は、迎える「死」に向かって、両手を広げて静かに歩いていくことだった。その途上で、ヴォルデモートの生への最後の絆を断ち切る役割だったのだ。つまり、ハリーが杖(つえ)を上げて身を護ることもせず、観念してヴォルデモートの行く手に自らを投げ出しさえすれば、きれいに終わりがくる。ゴドリックの谷で成し遂げられるはずだった仕事は、そのときに成就するのだ。どちらも生きられない。どちらも生き残れない。

ハリーは、心臓が激しく胸板に打ちつけるのを感じる。死を恐れるハリーの胸の中で、むしろハリーを生かすために、より強く、雄々しく脈打つとは、なんと不思議なことか。しかしその心臓は、止まらなければならない定めにある。しかも間もなく。

鼓動はあと何回かで終わる。立ち上がって、最後にもう一度だけ城の中を歩き、校庭から「禁じられた森」へ入っていくまでに、あと何回鼓動する時間があるのだろう？

恐怖が、床に横たわるハリーを波のように襲い、体の中で葬送の太鼓が打ち鳴らされる。死ぬのは苦しいだろうか？　何度も死ぬような目にあい、そのたびに逃れてはきたものの、ハリーは死そのものについて真正面から考えたことはない。どんなときでも、死への恐れより生きる意志のほうがずっと強かった。しかし、いまはもう逃げようとは思わない。ヴォルデモートから逃れようとは思わない。すべてが終わった。ハリーにはそれがわかっている。残されているのはただ一つ。死ぬことだけ。

プリベット通り四番地を最後に出発したあの夏の夜に、高貴な不死鳥の尾羽根の杖が（つえ）ハリーを救ったあの夜に、死んでしまえばよかった！　ヘドウィグのように、死んだこともわからずに一気に死ねたら！　それとも、愛するだれかを救うために、杖の前に身を投げ出すことができるなら……いまは両親の死に方さえ羨（うらや）ましい。自らの破滅に向かって冷静に歩いていくには、別の種類の勇気が必要だろう。ハリーは指がかすかに震えるのを感じて、抑えようとする。壁の肖像画はすべて留守で、だれも見てはいないというのに……。

ゆっくりと、本当にゆっくりと、ハリーは体を起こす。起こしながら、自分の生身の体を感じ、自分が生きていることをこれまでになく強く感じる。自分がどんなに奇跡的な存在であるかを、どうしてこれまで一度も考えたことがなかったのだろう⁉ 頭脳、神経、そして脈打つ心臓――それらすべてが消える……少なくともハリーがそこから消える。ハリーは、ゆっくりと深く息をする。口も喉もからからだ。目も乾き切っていて、涙は出ない。

ダンブルドアの裏切りなど、ほとんど取るに足りないことだ。なにしろ、より大きな計画が存在したのだから。愚かにもハリーには、それが見えなかっただけのこと。ハリーはいま、それを悟る。ハリーに生きて欲しいというのがダンブルドアの願いだと勝手に思い込んで、一度もそれを疑ったことはなかった。しかし自分の命の長さは、はじめから分霊箱のすべてを取り除くのにかかる時間と決められていたのだ。ハリーはいまになってそれがわかった。ダンブルドアは、分霊箱を破壊する仕事をハリーに引き継いだ。そして、ハリーは従順にもヴォルデモートの生命の絆を少しずつ断ち切ってきた。しかしそれは、自分の生命の絆をも断ち切り続けることだったのだ！ なんというすっきりした、なんという優雅なやり方だろう。何人もの命をむだにすることなく、すでに死ぬべき者として印された少年に、危険な任務を与えるとは。その少年の死自体は、惨事ではなく、ヴォルデモートに対して新たな痛手を与えるための死なのだ。

しかもダンブルドアは、ハリーが回避しないことを知っていた。それがハリー自身の最期であっても、最後まで突き進むであろうことを知っていた。なにしろダンブルドアは、手間ひまをかけてそれだけハリーを理解してきたのだ。事を終結させる力がハリー自身にあると知ってしまった以上、ハリーは自分のためにほかの人を死なせたりはしない。ダンブルドアもヴォルデモート同様、そういうハリーを知っていた。大広間に横たわっていたフレッド、ルーピン、トンクスの亡骸が、否応なしにハリーの脳裏に蘇り、ハリーは一瞬、息ができなくなる。死は時を待たない……。

しかしダンブルドアは、ハリーを買いかぶっていた。ハリーは失敗したのだ。蛇はまだ生きている。ヴォルデモートを地上に結びつけている分霊箱の一つが、ハリーが殺されたあとも残る。たしかにその任務は、ほかのだれがやるにせよ、より簡単な仕事になる。だれが成し遂げるのだろう……ロンとハーマイオニーならもちろん、なにをすべきかを知っているだろう……あの二人に打ち明けることをダンブルドアがハリーに望んだのは、そういう理由だったのかもしれない……ハリーが、自分の運命を少し早めに全うすることになった場合、その二人が引き継げるようにと……。

雨が冷たい窓を打つように、さまざまな思いが真実という妥協を許さない硬い表面に打ちつける。真実。ハリーは死ななければならない、という真実。僕は、死ななければならない。終わりがこなければならない。

ロンもハーマイオニーも遠く離れ、どこか遠国にでもいる気がする。ずいぶん前に、二人とは別れたような気がする。別れの挨拶も説明もするまいと、ハリーは決めた。この旅は、一緒には行けない。二人はハリーを止めようとするだろうが、それは、貴重な時間をむだにするだけだ。ハリーは、十七歳の誕生日に贈られた、古びた金時計を見る。ヴォルデモートが降伏のために与えた時間の、約半分が過ぎていた。

ハリーは立ち上がる。心臓が、バタバタともがく小鳥のように飛び跳ねて、肋骨にぶつかっていた。残された時間の少ないことを、知っているのかもしれない。最期がくる前に、一生分の鼓動を打ち終えてしまおうと決めたのかもしれない。校長室の扉を閉める。ハリーはもう振り返らなかった。

城の中にはだれもいない。たった一人で、一歩一歩を踏みしめて歩いていると、自分がすでに死んで、ゴーストになったような気がする。肖像画の主たちは、依然留守のままだ。城全体が不気味な静けさに包まれ、残っている温かい血は、死者や哀悼者で満ちる大広間に凝集しているようだ。

ハリーは「透明マント」をかぶって順々に階に下り、最後に大理石の階段を下りて玄関ホールに向かう。どこか心の片隅では、だれかがハリーを感じ取り、引き止めてくれることを望んでいるのかもしれない。しかし「マント」はいつものように完璧で、だれにも見通せず、ハリーは簡単に玄関扉にたどり着く。

そこで、危うくネビルとぶつかりそうになる。だれかと二人で、校庭から遺体の一つを運び入れていた。遺体を見下ろしたハリーは、またしても胃袋に鈍い一撃を受けたような痛みを感じる。コリン・クリービーだ。未成年なのに、マルフォイやクラッブ、ゴイルと同様、こっそり城にもどってきたにちがいない。遺体のコリンは、とても小さかった。

「考えてみりゃ、おい、ネビル、おれ一人で大丈夫だよ」

オリバー・ウッドはそう言うなり、コリンの両腕と両腿を持って肩に担ぎ上げ、大広間に向かう。

ネビルはしばらく扉の枠にもたれ、額の汗を手の甲で拭う。一気に年を取ったように見える。それからまた石段を下り、遺体の回収に闇へと歩き出した。

ハリーはもう一度だけ、大広間の入口を振り返る。動き回る人々がいる。互いに慰めたり、喉の渇きを潤したり、死者のそばに額衝いたりしている。だが、ハリーの愛する人々の姿は見えない。ハーマイオニーやロン、ジニーやウィーズリー家の姿はまったく見当たらず、ルーナもいない。残された時間のすべてを差し出してでも、最後にその人たちを一目見たかった。しかし、見てしまえば、それを見納めにする力など、出てくるはずがない。このほうがよいのだ。

ハリーは石段を下り、暗闇に足を踏み出す。朝の四時近く。校庭は死んだように静まり返り、ハリーが成すべきことを成し遂げられるのかどうか、息をひそめて見守るようだ。

ハリーは、別の遺体を覗き込んでいるネビルに近づく。

「ネビル」

「うわっ、ハリー、心臓麻痺(まひ)を起こすところだった！」

ハリーは「マント」を脱いでいた。念には念を入れたいという願いから、突然、ふっと思いついたことがある。

「一人で、どこに行くんだい？」ネビルが疑わしげに聞く。

「予定どおりの行動だよ」ハリーが答える。「やらなければならないことがあるんだ。ネビル――ちょっと聞いてくれ――」

「ハリー！」ネビルは急に怯(おび)えた顔をする。「ハリー、まさか、捕まりにいくんじゃないだろうな？」

「ちがうよ」すらすらと嘘が口を衝(つ)く。「もちろんそうじゃない……別なことだ。でも、しばらく姿を消すかもしれない。ネビル、ヴォルデモートの蛇を知っているか？あいつは巨大な蛇を飼っていて……ナギニって呼んでる……」

「聞いたことあるよ、うん……それがどうかした？」

「そいつを殺さないといけない。ロンとハーマイオニーは知っていることだけど、でも、もしかして二人が――」

その可能性を考えるだけでも、ハリーは恐ろしさに息が詰まり、話し続けられなくなる。だが、気を取りなおす。これは肝心なことだ。ダンブルドアのように冷静になり、万全を期して予備の人間を用意し、だれかが遂行するようにしなければならない。ダンブルドアは、自分のほかに分霊箱のことを知っている人間が三人いることを知った上で、死んでいった。今度はネビルがハリーの代わりになるのだ。秘密を知る者は、まだ三人いる。

「もしかして二人が――忙しかったら――そして君にそういう機会があったら――」

「蛇を殺すの？」

「蛇を殺してくれ」ハリーが繰り返す。

「わかったよ、ハリー。君は、大丈夫なの？」

「大丈夫さ。ありがとう、ネビル」

ハリーが去りかけると、ネビルはその手首をつかむ。

「僕たちは全員、戦い続けるよ、ハリー。わかってるね？」

「ああ、僕は――」

胸が詰まり、言葉が途切れる。ハリーにはその先が言えなかった。ネビルは、それが変だとは思わなかったようだ。ハリーの肩を軽くたたいてそばを離れ、また遺体を探しに去っていった。

ハリーは「マント」をかぶりなおし、歩きはじめる。そこからあまり遠くないところで、人の動くのが見えた。地面に突っ伏す影のそばにかがみ込んでいる。すぐそばまで近づいてはじめて、それがジニーだと気づく。

ハリーは足を止めた。ジニーは、弱々しく母親を呼ぶ女の子のそばにかがんでいる。

「大丈夫よ」ジニーが声をかけている。「大丈夫だから。あなたをお城に運ぶわ」

「でも、わたし、お家に帰りたい」女の子がささやく。「もう戦うのはいや！」

「わかっているわ」ジニーの声がかすれる。「きっと大丈夫だからね」

ハリーの肌を、ざわざわと冷たい震えが走る。闇に向かって大声でさけびたかった。ここにいることをジニーに知って欲しかった。これからどこに行こうとしているのかを、ジニーに知って欲しかった。引き止めて欲しい、むりやり連れもどして欲しい、家に送り返して欲しい……。

しかし、ハリーはすでに家にいる。ホグワーツは、ハリーにとってはじめての、最高にすばらしい家庭だった。ハリー、ヴォルデモートそしてスネイプと、身寄りのない少年たちにとっては、ここが家なのだ……。

ジニーはいま、傷ついた少女の傍(かたわ)らに膝(ひざ)をつき、その片手をにぎっている。ハリーは力を振りしぼって歩きはじめる。そばを通り過ぎるとき、ジニーが振り返ったような気がする。通り過ぎる人の気配を、ジニーは感じ取ったのだろうか。しかし、ハリーは声もかけず、振り返りもしなかった。

ハグリッドの小屋が、暗闇の中に浮かび上がってくる。明かりは消え、扉を引っかくファングの爪の音も、うれしげに吠(ほ)える声も聞こえない。何度もハグリッドを訪ねたっけ。暖炉の火に輝く銅のヤカン、固いロックケーキ、巨大な蛆虫(うじむし)、そしてハグリッドの大きなひげモジャの顔。ロンがナメクジを吐(は)いたり、ハーマイオニーがハグリッドのドラゴン、ノーバートを助ける手伝いをしたり……。

ハリーは歩き続ける。「禁じられた森」の端(はた)にたどり着き、そこで足がすくむ。

木々の間を、吸魂鬼の群れがスルスル飛び回っている。その凍るような冷たさを感じ、無事に通り抜けられるかどうかハリーには自信がない。守護霊(しゅごれい)を出す力は残っていない。もはや、体の震えさえ止められない。死ぬことは、やはりそう簡単ではない。息をしている瞬間が、草の匂いが、そして顔に感じるひんやりした空気が、とても貴重に思える。たいていの人には何年ものあり余る時間があり、それをだらだらと浪費しているというのに、自分は一秒一秒にしがみついている……。これ以上進むことはできないと思う一方で、進まなければならないこともハリーにはわかっている。長いゲームが終わり、スニッチは捕まり、空を去るときがきたのだ……。

スニッチ。感覚のない指で、ハリーは首からかけた巾着(きんちゃく)をぎごちなく手探りし、スニッチを引っ張り出す。

〝私は終わるときに開く〟

ハリーは荒い息をしながら、スニッチをじっと見つめる。時間ができるだけゆっくり過ぎて欲しいこのときに、急に時計が早回りしたようだ。理解するのが早すぎて、考える過程を追い越してしまったようだ。これが「終わるとき」だ。いまこそ、そのときなのだ。

ハリーは、金色の金属を唇に押し当ててささやく。

「僕は、まもなく死ぬ」

金属の殻がぱっくり割れる。震える手を下ろし、ハリーはマントの下でドラコの杖を上げて、つぶやくように唱えた。

「ルーモス　光よ」

二つに割れたスニッチの中央に、黒い石がある。真ん中にぎざぎざの割れ目が走っている。「蘇りの石」は、ニワトコの杖を表す縦の線に沿って割れていたが、マントと石を表す三角形と円は、まだ識別できる。

ふたたびハリーは、頭で考えるまでもなく理解する。呼びもどすかどうかはどうでもいいことだ。間もなく自分もその仲間になるのだから。あの人たちを呼ぶのではなく、あの人たちが自分を呼ぶのだ。

ハリーは目をつむり、手の中で石を三度転がす。

事は起こった。周囲のかすかな気配で、ハリーにはそうとわかる。儚(はかな)い姿が、森の端(はた)を示す小枝の散らばった土臭い地面に足をつけて、動いている音が聞こえる。ハリーは目を開けてまわりを見回す。

ゴーストともちがう、かといって本当の肉体を持ってもいない。ずいぶん昔のことになるが、日記から抜け出したあのリドルの姿に最も近く、記憶がほとんど実体になった姿だ。生身の体ほどではないが、しかしゴーストよりずっとしっかりした姿が、それぞれの顔に愛情のこもった微笑を浮かべて、ハリーに近づいてくる。

ジェームズは、ハリーとまったく同じ背丈。死んだときの服装で、髪はくしゃくしゃ。そしてメガネは、ウィーズリーおじさんのように片側が少し下がっている。

シリウスは背が高くハンサム。ハリーの知っている生前の姿よりずっと若い。両手をポケットに突っ込み、にやっと笑いながら大きな足取りで、軽やかに自然な優雅さで歩いている。

ルーピンもまだ若く、それほどみすぼらしくはない。髪は色も濃く、よりふさふさしていた。青春時代にさんざんほっつき歩いた懐かしいこの場所にもどってこられて、幸せそうだ。

リリーは、だれよりもうれしそうにほほえんでいる。肩にかかる長い髪を背中に流して近づきながら、ハリーそっくりの緑の目で、いくら見ても見飽きることがないというように、ハリーの顔を貪（むさぼ）るように眺めている。

「あなたはとても勇敢だったわ」

ハリーは、声が出なかった。リリーの顔を見ているだけで幸せだった。その場にたたずんで、いつまでもその顔を見ていたかった。それだけで満足だった。

「おまえはもうほとんどやり遂げた」ジェームズが言う。「もうすぐだ……父さんたちは鼻が高いよ」

「苦しいの？」子供っぽい質問が、思わず口を衝（つ）いて出ていた。

「死ぬことが？　いいや」シリウスが答えた。「眠りにつくよりすばやく、簡単だ」

「それに、あいつはすばやくすませたいだろうな。早く終わらせたいのだ」ルーピンが引き取る。

「僕、あなたたちに死んで欲しくなかった」

自分の意思とは関係なく、言葉がハリーの口を突いて出ていた。

「だれにも。許して――」ハリーは、ほかのだれよりも、ルーピンに向かってそう言い、心から許しを求めた。「――男の子が生まれたばかりなのに……リーマス、ごめんなさい――」

「私も悲しい」ルーピンが言う。「息子を知ることができないのは残念だ……しかし、あの子は私が死んだ理由を知って、きっとわかってくれるだろう。私は、息子がより幸せに暮らせるような世の中を、作ろうとしたのだとね」

森の中心から吹いてくると思われる冷たい風が、ハリーの額（ひたい）にかかる髪をかき揚げる。この人たちのほうから、ハリーに行けとは言わない。ハリーは知っている。決めるのは、ハリーでなければならない。

「一緒にいてくれる？」

「最後の最後まで」ジェームズが請け合う。

「あの連中には、みんなの姿は見えないの？」ハリーが聞く。

「私たちは、君の一部なのだ」シリウスが答える。「ほかの人には見えない」

ハリーは母親を見る。「そばにいて」静かに言う。

そしてハリーは歩き出す。吸魂鬼の冷たさも、ハリーを挫（くじ）きはしなかった。その中を、ハリーは親しい人々と連れ立って通り過ぎる。みなが、ハリーの守護霊（しゅごれい）の役目を果たし、一緒に古木の間を行進する。木々はますます密生して、枝と枝がからみつき、足元の木の根は節くれ立って曲りくねる。暗闇の中で、ハリーは「透明マント」をしっかり巻きつけ、次第に森の奥深くへと入り込む。ヴォルデモートがどこにいるかは、まったく見当がつかない。だが、必ず見つけられると確信している。ハリーの横に、音も立てずに歩くジェームズ、シリウス、ルーピン、リリーがいる。そばにいてくれるだけでハリーは勇気づけられ、一歩、また一歩と進むことができる。

ハリーはいま、心と体が奇妙に切り離されたような気がしている。両手両足が意識の命令なしに動いているようで、まるでまもなく離れようとする肉体に、自分が運転手としてではなく、乗客として乗っているような気がした。城にいる生きた人間よりも、自分に寄り添って森の中を歩いている死者のほうが、ハリーにとってはより実在感がある。ロン、ハーマイオニー、ジニー、そしてほかのみなが、いまのハリーにとっては、ゴーストのようだ。つまずき滑りながら、ハリーは進んでいく。生の終わりに向かって、ヴォルデモートに向かって……。

ドスンという音とささやき声。ほかの生き物が、近くで動いていた。ハリーはマントをかぶったまま立ち止まり、あたりを透かし見ながら耳を澄ませる。母親も父親も、ルーピン、シリウスも止まる。

「あそこに、だれかいる」近くで荒々しい声が上がる。「あいつには『透明マント』がある。もしかしたら――？」

近くの木の陰から、杖灯り(つえあか)を揺らめかせて二つの影が現れた。ヤックスリーとドロホフだ。暗闇に目を凝らして、ハリーや両親、シリウス、ルーピンが立っている場所を、まっすぐに見ている。どうやら二人にはなにも見えないらしい。

「絶対に、なにか聞こえた」ヤックスリーが言う。「獣、だと思うか？」

「あのいかれたハグリッドのやつめ、ここに、しこたまいろんなものを飼っているからな」

ドロホフが、ちらりと後ろを振り返りながら答える。

ヤックスリーが腕時計を見る。

「もうほとんど時間切れだ。ポッターは一時間を使い切った。こないな」

「しかしあの方は、やつがくると確信なさっていた！　ご機嫌麗しくないだろうな」

「もどったほうがいい」ヤックスリーが言う。「これからの計画を聞くのだ」

ヤックスリーとドロホフは、踵を返して森の奥深くへと歩いていく。ハリーはあとを追ける。二人に従いていけば、ハリーの望む場所に連れていってくれるはずだ。横を見る。母親がほほえみかけ、父親が励ますようにうなずく。

数分も歩かないうちに、行く手に明かりが見えた。ヤックスリーとドロホフは、空き地に足を踏み入れる。そこは、ハリーも知っている所、怪物蜘蛛アラゴグのかつての棲処だ。巣の名残をとどめてはいたが、アラゴグの儲けた子孫の大蜘蛛たちは、死喰い人に追い立てられ、手先として戦わされている。

空き地の中央に焚き火が燃え、ちらちら揺らめく炎の明かりが、黙りこくってあたりを警戒する死喰い人の群れを照らしている。仮面とフードをつけたままの死喰い人もいれば、顔を現している者もいる。残忍で、岩のように荒削りな顔の巨人が二人、群れの外側に座って、その場に巨大な影を落としていた。フェンリール・グレイバックが、長い爪を噛みながら忍び歩いている姿や、ブロンドの大男ロウルが、出血した唇を拭っているのが見える。ルシウス・マルフォイは打ちのめされ、恐怖に怯えた表情で佇み、ナルシッサは目が落ち窪み、心配でたまらない様子でいる。

すべての目が、ヴォルデモートを見つめていた。その場に頭を垂れて立っているヴォルデモートは、ニワトコの杖を持った蠟のような両手を胸の前で組んでいる。祈るようでもあり、時間を数えているようでもあった。空き地の端にたたずみながら、ハリーは場ちがいな光景を思い浮かべる。かくれんぼの鬼になった子供が、十まで数えている姿だ。ヴォルデモートの頭の後ろには、怪奇な後光のように光る檻が浮かび、その中でくねくねと大蛇のナギニがとぐろを巻いたり解いたりしていた。

ドロホフとヤックスリーが仲間の輪にもどると、ヴォルデモートが顔を上げた。

「わが君、あいつの気配はありません」ドロホフが告げる。

ヴォルデモートは表情を変えない。焚き火の灯りを映した眼が、赤く燃えるようだ。ゆっくりと、ヴォルデモートはニワトコの杖を長い指でしごく。

「わが君――」

ヴォルデモートの一番近くに座っている、ベラトリックスが口を開く。髪も服も乱れ、顔が少し血にまみれてはいたが、ほかにけがをしている様子はない。

ヴォルデモートが手を挙げて制すると、ベラトリックスはそれ以上一言も発せず、ただうっとりと崇拝のまなざしでヴォルデモートを見ている。

「あいつはやってくるだろうと思った」

踊る焚(た)き火に眼を向け、ヴォルデモートがかん高いはっきりした声で言う。

「あいつがくることを期待していた」

だれもが、無言だ。だれもが、ハリーと同じくらい恐怖に駆られている。ハリーの心臓は、いまや肋骨(ろっこつ)に体当たりし、間もなく捨て去られる肉体から、必死になって逃げ出そうとしているように思える。「透明マント」を脱ぐハリーの両手は、じっとりと汗ばんでいる。ハリーは、マントと杖(つえ)を一緒にローブの下に収める。戦おうという気持ちが起きないようにしたかった。

「どうやら俺様(おれさま)は……まちがっていたようだ」ヴォルデモートが口を開く。

「まちがっていないぞ」

ハリーは、ありったけの力を振りしぼって声を張り上げる。怖気(おじけ)づいていると思われたくない。「蘇(よみがえ)りの石」が、感覚のない指からすべり落ちる。焚き火の灯(あか)りの中に進み出ながら、ハリーは、両親もシリウスもルーピンも消えるのを、目の端でとらえた。その瞬間、ハリーはヴォルデモートと、たった二人きりだ。

しかし、その感覚はたちまち消えた。巨人が吠え、死喰い人たちがいっせいに立ち上がったからだ。さけび声、息を呑む音、そして笑い声までわき起こる。ヴォルデモートは凍りついたようにその場に立っていたが、その赤い眼はハリーをとらえ、ハリーが近づくのを見つめている。二人の間には焚き火があるだけだった。

そのとき、うめき声がした――。

「ハリー！　やめろ！」

ハリーは声のほうを見た。ハグリッドがぎりぎりと縛り上げられ、近くの木に縛りつけられている。必死でもがくハグリッドの巨体が、頭上の大枝を揺らしている。

「やめろ！　だめだ！　ハリー、なにする気――？」

「黙れ！」ロウルがさけび、杖の一振りでハグリッドを黙らせた。

ベラトリックスははじけるように立ち上がり、激しい息遣いで、ヴォルデモートとハリーを食い入るように見つめる。動くものと言えば、焚き火の炎と、ヴォルデモートの背後に光る檻で、とぐろを巻いたり解いたりする蛇だけだ。

ハリーは、胸に当たる杖を感じたが、抜こうとはしなかった。蛇の護りはあまりに堅く、なんとかナギニに杖を向けることができたとしても、それより前に五十人もの呪いがハリーを撃つだろう。ヴォルデモートとハリーは、なおも見つめ合ったままでいる。やがてヴォルデモートは小首を傾げ、目の前に立つ男の子を品定めしながら、唇のない口をめくり上げて、きわめつきの冷酷な笑いを浮かべた。

「ハリー・ポッター」

ささやくような言い方だ。その声は、パチパチ爆ぜる焚き火の音かと思えるほどだ。

「生き残った男の子」

死喰い人は、だれも動かずに待っている。すべてが待っていた。ハグリッドはもがき、ベラトリックスは息を荒らげている。そしてハリーは、なぜかジニーを思い浮かべた。あの燃えるような瞳、そしてジニーの唇のあの感触――。

ヴォルデモートが杖を上げる。このままやってしまえばなにが起こるのかと、知りたくてたまらない子供のように小首を傾げたままだ。ハリーは赤い眼を見つめ返し、早く、いますぐにと願った。まだ立っていられるうちに、自分を抑制することができなくなる前に、恐怖を見抜かれてしまう前に――。

ハリーはヴォルデモートの口が動くのを見た。緑の閃光が走る。そして、すべてが消えた。

第35章　キングズ・クロス

ハリーはうつ伏せになって、静寂を聞いていた。完全に一人だ。だれも見ていない。ほかにはだれもいない。自分自身がそこにいるのかどうかさえ、ハリーにはよくわからない。

ずいぶん時間が経ってから、いや、もしかしたら時間はまったく経っていないのかもしれないが、ハリーは自分自身の存在を感じた――体のない想念だけではなく。なぜなら、ハリーは横たわっている。まちがいなくなにかの表面に横たわっている。触感があるのだ。自分が触れているなにかも存在している。

この結論に達したのとほとんど同時に、ハリーは自分が裸であることに気づく。自分以外にはだれもいないという確信があるので、裸でいることは気にならないが、少し不思議に思った。感じることができるのと同様に、見ることもできるのだろうか？　目を開いてみて、ハリーは自分に目があることを発見する。

ハリーは明るい靄の中に横たわっているが、これまで経験したどんな靄とも様子がちがう。雲のような水蒸気が周囲を覆い隠しているのではなく、むしろ靄そのものがこれから周囲を形作っていくように思える。ハリーが横たわっている床は、どうやら白い色のようで、温かくも冷たくもない。ただそこに、平らで真っさらな物として存在し、なにかがその上に置かれるべく存在している。

ハリーは上体を起こす。体は無傷のようだ。顔に触れてみる。もう、メガネはかけていない。

そのとき、ハリーの周囲のまだ形のない無の中から、物音が聞こえてきた。軽いトントンという音で、なにかが手足をばたつかせ、振り回し、もがいている。哀れを誘う物音ではあるが、同時にやや猥雑な音だ。ハリーは、なにか恥ずかしい秘密の音を盗み聞きしているような、居心地の悪さを感じる。

ハリーは、急になにかを身にまといたいと思った。

頭の中でそう願ったとたん、ローブがすぐ近くに現れる。ハリーはそれを引き寄せて身につける。柔らかく清潔で温かい。驚くべき現れ方だ。欲しいと思ったとたんに、さっと……。

ハリーは立ち上がって、あたりを見回す。どこか大きな「必要の部屋」の中にいるのだろうか？　眺めているうちに、次第に目に入るものが増えてきた。頭上には大きなドーム型のガラス天井が、陽光の中で輝いている。宮殿かもしれない。すべてが静かで動かない。ただ、ばたばたという奇妙な音と、哀れっぽく訴えるような音が、靄の中の、どこか近くから聞こえてくるだけだ……。

ハリーはゆっくりとその場でひと回りする。ハリーの動きにつれて、目の前に周囲がひとりでに形作られていく。明るく清潔で、広々とした開放的な空間、「大広間」よりずっと大きいホール、それにドーム型の透明なガラスの天井。まったくだれもいない。そこにいるのはハリーただ一人。ただし――。

ハリーはびくりと身を引いた。音を出しているものを見つけたのだ。小さな裸の子供の形をしたものが、地面の上に丸まっている。肌は皮をはがれでもしたようにざらざらと生々しく、だれからも望まれずに椅子の下に置き去りにされ、目につかないように押し込まれて、必死に息をしながら震えている。

ハリーは、それが怖かった。小さくて弱々しく、傷ついているのに、ハリーはそれに近寄りたくない。にもかかわらずハリーは、いつでも跳びすされるように身構えながら、ゆっくりとそれに近づいていく。やがてハリーは、それに触れられるほど近くに立ったが、とても触れる気にはなれない。自分が臆病者になったような気がする。慰めてやらなければならないと思いながらも、それを見ると虫唾（むしず）が走る。

「きみには、どうしてやることもできん」

ハリーはくるりと振り向く。アルバス・ダンブルドアが、ハリーに向かって歩いてくる。流れるような濃紺のローブをまとい、背筋を伸ばして、軽快な足取りでやってくる。

「ハリー」ダンブルドアは両腕を広げる。手は両方とも白く完全で、無傷だ。「なんとすばらしい子じゃ。なんと勇敢な男じゃ。さあ、一緒に歩こうぞ」

ハリーは呆然として、悠々と歩き去るダンブルドアのあとに従う。ダンブルドアは、哀れっぽい声で泣いている生々しい赤子をあとに、少し離れたところに置いてある椅子へと、ハリーを誘う。ハリーはそれまで気づかなかったが、高く輝くドームの下に椅子が二脚置いてある。ダンブルドアがその一つに掛け、ハリーは校長の顔をじっと見つめたまま、もう一つの椅子にすとんと腰を落とす。長い銀色の髪や顎ひげ、半月形のメガネの奥から鋭く見通すブルーの目、折れ曲がった鼻。なにもかも、ハリーが憶えているとおりのダンブルドアだ。しかし……。

「でも、先生は死んでいる」ハリーが言う。

「おお、そうじゃよ」ダンブルドアは、あたりまえのように返す。

「それなら……僕も死んでいる？」

「あぁ」ダンブルドアは、ますますにこやかにほほえむ。「『それが問題だ』、というわけじゃのう？　全体としてみれば、ハリーよ、わしはちがうと思うぞ」

二人は顔を見合わせる。老ダンブルドアは、まだ笑顔のままだ。

「ちがう?」ハリーが繰り返す。

「ちがう」ダンブルドアが答える。

「でも……」ハリーは反射的に、稲妻形の傷痕に手を持っていくが、そこに傷痕はなかった。「でも、僕は死んだはずだ――僕は防がなかった! あいつに殺されるつもりだった!」

「それじゃよ」ダンブルドアが言う。「それが、たぶん、大きなちがいをもたらすことになったのじゃ」

ダンブルドアの顔からは、光のように炎のように、喜びがあふれ出ているようだ。こんなに手放しで、こんなにはっきり感じ取れるほど満足し切ったダンブルドアを、ハリーははじめて見る。

「どういうことですか?」ハリーが聞く。

「きみにはもうわかっているはずじゃ」

ダンブルドアが、左右の親指同士をくるくる回しながら謎をかける。

「僕は、あいつに自分を殺させた」ハリーが言う。「そうですね?」

「そうじゃ」ダンブルドアがうなずく。「続けて!」

「それで、僕の中にあったあいつの魂の一部は……」

ダンブルドアはますます熱くうなずき、晴れ晴れと励ますような笑顔を向けてハリーを促す。

「……なくなった？」

「そのとおりじゃ！」ダンブルドアが応じた。「そうじゃ。あの者自身が破壊したのじゃ。きみの魂は完全無欠で、きみだけのものじゃよ、ハリー」

「でも、それなら……」

ハリーは振り返って、椅子の下で震えている小さな傷ついた生き物を一瞥する。

「先生、あれはなんですか？」

「我々の救いの、及ばぬものじゃよ」ダンブルドアが答える。

「でも、もしヴォルデモートが『死の呪文』を使ったのなら――」ハリーは話を続ける。「そして、今回はだれも僕のために死んでいないのなら――僕はどうして生きているのですか？」

「きみにはわかっているはずじゃ」ダンブルドアが言う。「振り返って考えるのじゃ。ヴォルデモートが、無知の故に、欲望と残酷さの故に、なにをしたかを思い出すのじゃ」

ハリーは考え込み、視線をゆっくり移動させて、周囲をよく見る。二人の座っている場所がもしも宮殿なら、そこは奇妙な宮殿だ。椅子が数脚ずつ何列か並び、切れ切れの手すりがあちこちに見えるが、そこにいるのは、やはりハリーとダンブルドアの二人だけ。ほかにいるのは、椅子の下の発育不良の生き物だけだ。そのとき、なんの苦もなく、答えがハリーの唇に上ってきた。

「あいつは、僕の血を入れた」ハリーが言った。

「まさにそうじゃ！」ダンブルドアがうなずく。「あの者はきみの血を採り、それによって自分の生身の身体を再生させた！　あの者の血管に流れるきみの血が、ハリー、リリーの護りが、二人の中にあるのじゃ！　あの者が生きているかぎり、あの者はきみの命をつなぎとめておる！」

「僕が生きているのは……あいつが生きているから？　でも、僕……僕、その逆だと思っていた！　二人とも死ななければならないと思ったけど？　それともどっちでも同じこと？」

ハリーは、背後でもがき苦しむ泣き声と物音に気を逸らされ、もう一度後ろを振り返る。

「本当に、僕たちにはどうにもできないのですか？」

「助けることは不可能じゃ」

「それなら、説明してください……もっと詳しく」

ハリーの問いに、ダンブルドアはほほえむ。

「きみはのう、ハリー、あの者が期せずして作ってしまった、七つ目の分霊箱だったのじゃ。あの者は、自らの魂を非常に不安定なものにしてしもうたので、きみのご両親を殺害し、幼子までも殺そうという言語に絶する悪行を為したとき、魂が砕けてしもうた。あの部屋から逃れたものは、あの者が思っていたより少なかったのじゃ。あの者は、自分の肉体だけではなく、それ以上のものをあの場に置いていったのじゃ。犠牲になるはずだったきみに、生き残ったきみに、あの者の一部が結びついて残されたのじゃ」

「しかも、ハリー、あの者の知識は、情けないほど不完全なままじゃった！　ヴォルデモートは、自らが価値を認めぬものに関して理解しようとはせぬ。屋敷しもべ妖精やお伽噺、愛や忠誠、そして無垢。ヴォルデモートは、こうしたものを知らず、理解しておらぬ。まったくなにも。こうしたもののすべてが、ヴォルデモートを凌駕する力を持ち、どのような魔法も及ばぬ力を持つという真実を、あの者はけっして理解できなかった」

「ヴォルデモートは、自らを強めると信じて、きみの血を入れた。それによってあの者の身体の中に、母君がきみを護るために命を棄てかけた魔法がわずかながら取り込まれた。母君の犠牲の力を、あの者が生かしておる。そして、その魔法が生き続けるかぎり、きみも生き続け、ヴォルデモート自身の最後の望みである命の片鱗も生き続ける」

ダンブルドアはハリーにほほえみかけ、ハリーは目を丸くして校長を見る。

「先生はご存知だったのですか？　このことを——はじめからずっと？」

「推量しただけじゃ。しかしわしの推量は、これまでのところ、大方は正しかったのう」

ダンブルドアはうれしそうにする。それから二人は、座ったまま長い間、黙っていた。長く感じただけかもしれない。背後の生き物は、相変わらずヒーヒー泣きながら震えている。

「まだあります」ハリーがふたたび口を開く。「まだわからないことが。僕の杖は、どうしてあいつの借り物の杖を折ったのでしょう？」

「それについては、定かにはわからぬ」

「それじゃ、推量でいいです」

ハリーがそう言うと、ダンブルドアは声を上げて笑った。

「まず理解しておかねばならぬのは、ハリー、きみとヴォルデモート卿が、前人未踏の魔法の分野をともに旅してきたということじゃ。しかしながら、いまから話すようなことが起きたのではないかと思う。前例のないことじゃから、どんな杖作りといえども予測できず、ヴォルデモートに対しても説明できはしなかった、とわしはそう思う」

「きみにはもうわかっているように、ヴォルデモート卿は、人の形に蘇ったとき、意図せずしてきみとの絆を二重に強めた。魂の一部をきみに付着させたまま、あの者は、自分を強めるためと考えて、きみの母君の犠牲の力を、一部自分の中に取り込んだのじゃ。その犠牲がどんなに恐ろしい力を持っているかを的確に理解していたなら、ヴォルデモートはおそらく、きみの血に触れることなどとてもできなかったじゃろう……いや、さらに言えば、もともとそれが理解できるくらいなら、あの者は所詮ヴォルデモート卿ではありえず、また、人を殺めたりしなかったかもしれぬ」

「この二重の絆を確実なものにし、互いの運命を歴史上例を見ないほどしっかりと結びつけた状態で、ヴォルデモートはきみの杖と双子の芯を持つ杖できみを襲った。すると、知ってのとおり、摩訶不思議なことが起こった。芯同士が、二人の杖が双子であることを知らなかったヴォルデモート卿には予想外の反応を示したのじゃ」

「あの夜、ハリーよ、あの者のほうが、きみよりももっと恐れていたのじゃ。きみは死ぬかもしれぬということを受け入れ、むしろ積極的に迎え入れた。ヴォルデモート卿にはけっしてできぬことじゃ。きみの勇気が勝った。きみの杖があの者の杖を圧倒したのじゃ。その結果、二本の杖の間に、二人の持ち主の関係を反映した何事かが起こった」

「きみの杖はあの夜、ヴォルデモートの杖の力と資質の一部を吸収した、とわしは思う。つまり、ヴォルデモート自身の一部を、きみの杖が取り込んでおったのじゃ。そこで、あの者がきみを追跡したとき、きみの杖はヴォルデモートを認識した。血を分けた間柄でありながら不倶戴天（ふぐたいてん）の敵である者を認識して、ヴォルデモート自身の魔法の一部を、彼に向けて吐（は）き出したのじゃ。その魔法は、ルシウスの杖がそれまでに行ったどんな魔法よりも強力なものじゃった。きみの杖は、きみの並外れた勇気と、ヴォルデモート自身の恐ろしい魔力をあわせ持っておったのじゃ。ルシウス・マルフォイの哀れな棒切れなど、敵うはずもなかろう？」

「でも、僕の杖がそんなに強力だったのなら、どうしてハーマイオニーに折ることができたのでしょう？」ハリーが聞く。

「それはのう、杖のすばらしい威力は、ヴォルデモートに対してのみ効果があったからじゃ。魔法の法則の深奥（しんおう）を、あのように無分別にいじくり回したヴォルデモートに対してのみじゃ。あの者に向けてのみ、きみの杖は異常な力を発揮した。それ以外は、ほかの杖と変わることはない……もちろん、よい杖ではあったがのう」

ダンブルドアは、優しい言葉をつけ加える。

ハリーは長いこと考え込む。いや、数秒だったかもしれない。ここでは、時間などをはっきり認識するのが、とても難しい。

「あいつは、あなたの杖で僕を殺した」

「わしの杖で、きみを殺しそこねたのじゃ」

ダンブルドアが、ハリーの言葉を訂正する。

「きみが死んでいないということで、きみとわしは意見が一致すると思う――じゃが、もちろん」

ダンブルドアは、ハリーに対して礼を欠くことを恐れるかのようにつけ加える。

「きみが苦しんだことを軽く見るつもりはない。過酷な苦しみだったにちがいない」

「でもいまは、とてもいい気分です」ハリーは、清潔で傷一つない両手を見下ろしながら言う。「ここはいったい、どこなのですか？」

「そうじゃのう、わしがきみにそれを聞こうと思っておった」

ダンブルドアが、あたりを見回しながらたずねる。

「きみは、ここがどこだと思うかね？」

ダンブルドアに聞かれるまで、ハリーにはわかっていなかった。しかし、いまはすぐに答えられることに気づく。

「なんだか」ハリーは考えながら答える。

「キングズ・クロス駅みたいだ。でも、ずっときれいだしだれもいないし、それに、僕の見るかぎりでは、汽車が一台もない」

「キングズ・クロス駅！」ダンブルドアは、遠慮なくくすくす笑った。「なんとまあ、そうかね？」

「じゃあ、先生はどこだと思われるんですか？」

ハリーは少しむきになって聞いた。

「ハリーよ、わしにはさっぱりわからぬ。これは、いわば、きみの晴れ舞台じゃ」

ハリーには、ダンブルドアがなにを言っているのかわからなかった。ダンブルドアの態度が腹立たしくなってハリーは顔をしかめたが、そのとき、いまどこにいるかよりも、もっと差し迫った問題を思い出す。

「死の秘宝」ハリーは口に出した。

その言葉でダンブルドアの顔からすっかり笑いが消えるのを見て、ハリーの腹も収まる。

「ああ、そうじゃな」ダンブルドアは、逆に心配そうな顔になる。

「どうなのですか？」

ダンブルドアと知り合って以来はじめて、ハリーは老成したダンブルドアではない顔を見た。刹那（せつな）ではあったが、老人どころか、悪戯（いたずら）の最中に見つかった小さな子供のような表情を見せた。

「許してくれるかのう？」ダンブルドアが言う。「きみを信用しなかったこと、きみに教えなかったことを、許してくれるじゃろうか？　ハリー、わしは、きみがわしと同じ失敗を繰り返すのではないかと恐れただけなのじゃ。わしと同じ過ちを犯すのではないかと、それだけを恐れたのじゃ。ハリー、どうか許しておくれ。もうだいぶ前から、きみがわしよりずっとまっすぐな人間だとわかっておったのじゃが」

「なにをおっしゃっているのですか？」

ダンブルドアの声の調子や、急にダンブルドアの目に光った涙に驚いて、ハリーが聞く。

「秘宝、秘宝」ダンブルドアがつぶやく。「死に物狂いの、人間の夢じゃ！」

「でも、秘宝は実在します！」

「実在する。しかも危険な物じゃ。愚者たちへの誘いなのじゃ」ダンブルドアが言う。「そしてこのわしも、その愚か者であった。しかし、きみはわかっておろう？もはやわしには、きみに秘すべきことはなにもない。きみは知っておるのじゃ」

「なにをですか？」

ダンブルドアは、ハリーに真正面から向き合う。輝くようなブルーの目に、涙がまだ光っていた。

「死を制する者。ハリーよ、死を克服する者じゃ！　わしは、結局のところ、ヴォルデモートよりましな人間であったと言えようか？」

「もちろんそうです」ハリーがうなずく。「もちろんですとも——そんなこと、聞くまでもないでしょう？　先生は、意味もなく人を殺したりしませんでした！」

「そうじゃ、そうじゃな」

ダンブルドアはまるで、小さな子供が励ましを求めているように見える。

「しかし、ハリー、わしもまた、死を克服する方法を求めたのじゃよ」

「あいつと同じやり方じゃありません」ハリーが異議を挟む。

ダンブルドアにあれほどさまざまな怒りを感じていたハリーが、この高い丸天井の下に座り、自己否定するダンブルドアを弁護しようとは、なんと奇妙なことか。

「先生は、秘宝を求めた。分霊箱をじゃない」

「秘宝を」ダンブルドアがつぶやく。「分霊箱をではない。そのとおりじゃ」

しばらく沈黙が流れた。背後の生き物が訴えるように泣いても、ハリーはもう振り返らなかった。

「グリンデルバルドも、秘宝を探していたのですね？」ハリーが聞く。

ダンブルドアは一瞬目を閉じ、やがてうなずく。

「それこそが、なによりも強くわしら二人を近づけたのじゃ」ダンブルドアが、静かに話しはじめる。「二人の賢く傲慢な若者は、同じ想いに囚われておった。グリンデルバルドがゴドリックの谷に惹かれたのは、すでに察しがついておろうが、イグノタス・ペベレルの墓のせいじゃ。三番目の弟が死んだ場所を、探索したかったからじゃ」

「それじゃ、本当のことなんですね？」ハリーが聞いた。「なにもかも？　ペベレル兄弟が――」

「――物語の中の三兄弟なのじゃ」ダンブルドアがうなずきながら言う。「そうじゃとも。わしはそう思う。兄弟が寂しい道で『死』に遭うたかどうかは……わしはむしろ、ペベレル兄弟が才能ある危険な魔法使いで、こうした強力な品々を作り出すことに成功した可能性のほうが高いと思う。そうした品々が『死』自身の秘宝であったという話は、作られた品物にまつわる伝説としてでき上がったものじゃろう」

『マント』は、知ってのとおり、父から息子へ、母から娘へと、何世代にもわたって受け継がれ、イグノタスの最後の子孫にたどり着いた。その子は、イグノタスと同じく『ゴドリックの谷』という村に生まれた」

ダンブルドアは、ハリーにほほえみかける。

「僕？」

「きみじゃ。ご両親が亡くなられた夜、『マント』がなぜわしの手元にあったか、きみはすでに推量しておることじゃろう。ジェームズが、死の数日前に、わしにマントを見せてくれた。学生時代、ジェームズの悪戯がなぜ見つからずにすんだのか、それで大方の説明がついた！　わしは、自分の目にしたものが信じられなかった。借り受けて調べてみたい、とジェームズに頼んだ。そのときには、秘宝を集めるという夢はとうにあきらめておったのじゃが、それでも、マントをよく見てみたいという想いに抗し切れなかった……それは、わしがそれまで見たこともない『マント』じゃった。非常に古く、すべてにおいて完璧で……ところがそのあと、きみの父君が亡くなり、わしは、ついに二つの秘宝を我がものにした！」

ダンブルドアは、痛々しいほど苦い口調になる。

「でも、『マント』は、僕の両親が死を逃れるための役には、立たなかったと思います」ハリーは急いで言葉を添える。「ヴォルデモートは、父と母がどこにいるかを知っていました。『マント』があっても、二人に呪いが効かないようにすることはできなかったでしょう」

「そうじゃ」ダンブルドアはため息をつく。「そうじゃな」

ハリーはあとの言葉を待つが、ダンブルドアがなにも言わないので、ハリーは先を促した。

「それで先生は、『マント』を見たときにはもう、秘宝を探すのをあきらめていたのですね？」

「ああ、そうじゃ」

ダンブルドアはかすかな声で答える。力を振りしぼってハリーと目を合わせているように見える。

「きみは、なにが起こったかを知っておる。知っておるのじゃ。きみよりわし自身が、どんなに自分を軽蔑しておるか」

「でも僕、先生を軽蔑したりなんか――」

「それなら、軽蔑すべきじゃ」

ダンブルドアが吐き棄てた。そして深々と息を吸い込む。

「わしの妹の病弱さの秘密を、きみは知っておる。マグルたちのしたことも、その結果、妹がどうなったかも。哀れむべきわしの父が復讐を求め、その代償にアズカバンで死んだことも知っておろう。わしの母が、アリアナの世話をするために、自分自身の人生を捨てておったことともな」

「わしはのう、ハリー、憤慨したのじゃ」

ダンブルドアはあからさまに、冷たく言い放った。ダンブルドアはいま、ハリーの頭越しに、遠くを見ている。

「わしには才能があった。優秀じゃった。わしは逃げ出したかった。輝きたかった。栄光が欲しかった」

「誤解しないで欲しい」

ダンブルドアの顔に苦痛がよぎり、そのために表情はふたたび年老いて見えた。

「わしは、家族を愛しておった。両親を愛し、弟も妹も愛していた。しかし、わしは自分本位だったのじゃよ、ハリー。際立って無欲なきみなどには想像もつかぬほど、利己的だったのじゃ」

「母の死後、傷ついた妹と、つむじ曲りの弟に対する責任を負わされてしまったわしは、怒りと苦い気持ちを抱いて村にもどった。籠の鳥だ、才能の浪費だ、わしはそう思った！ そのとき、ちょうど、あの男がやってきた……」

ダンブルドアは、再度ハリーの目をまっすぐに見る。

「グリンデルバルドじゃ。あの者の考えがどんなにわしを惹きつけたか、どんなに興奮させたか、ハリー、きみには想像できまい。マグルを力で従属させる。われら魔法族が勝利する。グリンデルバルドとわしは、革命の栄光ある若き指導者となる」

「いや、いくつか疑念を抱きはした。良心の呵責を、わしは虚しい言葉で鎮めた。すべては、より大きな善のためなのだと。多少の害を与えても、魔法族にとって、その百倍もの見返りがあるのだからと。心の奥の奥で、わしはゲラート・グリンデルバルドの本質を知っていただろうか？ 知っていたと思う。しかし目をつむった。わしらが立てていた計画が実を結べば、わしの夢はすべて叶うのじゃからと」

「そして、わしらの企ての中心に、『死の秘宝』があった！ グリンデルバルドが、どれほどそれに魅了されていたか！　わしらが二人とも、どれほど魅入られていたか！『不敗の杖』、わしらを権力へと導く武器！『蘇りの石』――わしは知らぬふりをしておったが、グリンデルバルドにとってそれは、『亡者』の軍隊を意味した！わしにとっては、白状するが、両親がもどることを、そしてわしの肩の荷がすべて下ろされることを意味しておったのじゃ」

「そして『マント』……なぜかわしら二人の間では、ハリー、『マント』のことは、さして大きな話題になることはなかった。二人とも、『マント』なしで十分姿を隠すことができたからのう。『マント』の持つ真の魔力は、もちろん、所有者だけでなくほかの者をも隠し、護るために使えるという点にある。わしは、もしそれを見つけたら、アリアナを隠すのに役に立つじゃろうと考えた。しかし、わしら二人が『マント』に関心を持ったのは、主に、それで三つの品が完全に揃うからじゃ。伝説によれば、三つの品すべてを集めた者は、真の死の征服者になると言われており、それは無敵になることだと、わしらはそう解釈した」

「死の克服者、無敵のグリンデルバルドとダンブルドア！　二か月の愚かしく残酷な夢。そのためにわしは、残されたたった二人の家族をないがしろにしたのじゃ」

「そして……なにが起こったか知っておろう。現実がもどってきたのじゃ。粗野で無学でしかも、わしなどよりずっとあっぱれな弟が、それを教えてくれた。わしをどなりつける弟の真実の声を、わしは聞きとうなかった。か弱く不安定な妹を抱えて、秘宝を求める旅に出ることはできないなどと、聞かされとうはなかった」

「議論が争いになった。グリンデルバルドは抑制を失った。気づかぬふりをしてはおったが、グリンデルバルドにはそのような面があると、常々わしが感じておったものが、恐ろしい形で飛び出した。そしてアリアナは……母があれほど手をかけ、心にかけていたものを……床に倒れて死んでいた」

ダンブルドアは小さく喘ぎ、声を上げて泣きはじめる。ハリーは手を伸ばす。そして、ダンブルドアに触れることができるとわかってうれしくなる。ハリーは、ダンブルドアの片腕をしっかりとにぎりしめた。するとダンブルドアは、徐々に自分を取りもどした。

「さて、わし以外のだれもが予測できたことだったのじゃが、グリンデルバルドは逃亡した。あの者は、権力を掌握する計画と、マグルを苦しめる企てと、『死の秘宝』の夢を持って姿を消した。わしが励まし、手助けした夢じゃ。グリンデルバルドは逃げ、残ったわしは、妹を葬り、一生の負い目と恐ろしい後悔という、身から出た錆の代償を払いながら生きてきた」

「何年かが経った。グリンデルバルドの噂が聞こえてきた。計り知れぬ力を持つ杖を、手に入れたという話じゃった。わしのほうは、その間、魔法大臣に就任するよう、一度ならず請われた。当然わしは断った。権力を持つわし自身は信用できぬということを、とうに学び取っていたからじゃ」

「でも先生は、よい大臣になったはずです。ファッジやスクリムジョールより、ずっとよい大臣に」ハリーは思わず口を出す。

「そうじゃろうか？」ダンブルドアは重苦しい調子で言う。「そうは言い切れまい。若いとき、わしは、自分が権力とその誘いに弱いことを証明した。興味深いことじゃが、ハリーよ、権力を持つのに最もふさわしい者は、それを一度も求めたことのない者なのじゃ。きみのように、やむなく指揮を執り、そうせねばならぬために権威の衣を着る者は、自らが驚くほど見事にその衣を着こなすのじゃ」

「結局わしは、ホグワーツにあるほうが安全な人間じゃった。よい教師であったと思う――」

「一番よい教師でした――」

「優しいことを言ってくれるのう、ハリー。しかしながら、わしが、若き魔法使いたちの教育に忙しく打ち込んでいる間に、グリンデルバルドは、軍隊を作り上げておった。人々は、あの者がわしを恐れていると言うた。おそらくそうじゃったろう。しかし、わし自身がグリンデルバルドを恐れているほどではなかったろう」

「いや、死ぬことをではない」

ハリーのまさかという表情に応えるように、ダンブルドアが言った。

「グリンデルバルドの魔法の力が、わしをどうにかすることを恐れたわけではない。二人の力が互角であることを、いや、わしのほうがわずかに勝っていることを、わしは知っていた。わしが恐れたのは真実じゃ。つまり、あの最後の恐ろしい争いで、二人のうちのどちらの呪いが本当に妹を殺したのか、わしにはわからなかった。きみはわしを臆病者と言うかもしれぬ。そのとおりじゃろう。ハリー、わしがなによりも恐れたのは、妹の死をもたらしたのが、わしだと知ることじゃった。わしの傲慢さと愚かさが一因だったばかりでなく、実際に妹の命の火を吹き消してしまったのも、わしの一撃だったと知ることを恐れたのじゃ」

「グリンデルバルドは、それを知っておったと思う。わしがなにを恐れていたかを、あの者は知っておったと思う。わしはグリンデルバルドと見えるのを、一日延ばしにしておったのじゃが、とうとう、これ以上抵抗するのはあまりにも恥ずべきことじゃという状態になった。人々が死に、グリンデルバルドは止めようもないやに見えた。そしてわしは、自分にできることをせねばならなかった」

「さて、その後に起こったことは知っておろう。わしは決闘した。杖を勝ち取ったのじゃ」

また沈黙が訪れる。だれの呪いでアリアナが死んだのかを、ダンブルドアが知ったのかどうか、ハリーは聞かなかった。知りたくもない。それよりもダンブルドアに話させるのがいやだった。ようやくハリーは、「みぞの鏡」でダンブルドアがなにを見たかを知る。そして、鏡の虜になったハリーに、ダンブルドアがなぜあれほど理解を示してくれたのかがわかった。

二人は、長い間黙ったままでいた。背後の泣き声は、ハリーにはもうほとんど気にならない。

しばらくしてハリーが言う。

「グリンデルバルドは、ヴォルデモートが杖を追うのを阻止しようとしました。グリンデルバルドは、嘘をついたのです。つまり、あの杖を持ったことはない、というふりをしました」

ダンブルドアは、膝に目を落としてうなずく。曲がった鼻に、涙がまだ光っている。

「風の便りに、孤独なヌルメンガードの独房で、あの者が後年、悔悟の念を示していたと聞く。そうであって欲しいと思う。自分がしたことを恥じ、恐ろしく思ったと考えたい。ヴォルデモートに嘘言を吐いたのは、償いをしようとしたからであろう……ヴォルデモートが秘宝を手に入れるのを、阻止しようとしたのであろう……」

「……それとも、先生の墓を暴くのを阻止しようとしたのでは？」

ハリーが思ったままを言うと、ダンブルドアは目を拭った。

またしばらくの沈黙の後、ハリーが口を開く。

「先生は、『蘇りの石』を使おうとなさいましたね」

ダンブルドアはうなずく。

「何年もかかって、ようやくゴーントの廃屋に埋められているその石を見つけた。石は秘宝の中でもわしが一番強く求めていたものじゃった——もっとも、若いときは、まったくちがう理由で石が欲しかったのじゃが。石を見て、わしは正気を失ったのじゃよ、ハリー。すでにそれが『分霊箱』になっていることも、指輪にはまちがいなく呪いがかかっていることも、すっかり忘れてしもうた。指輪を取り上げ、それをはめた。一瞬、わしは、アリアナや母、そして父に会えると思った。そして、みなに、わしがどんなにすまなく思っているかを伝えられると思ったのじゃ……」

「わしはなんたる愚か者だったことか。ハリーよ、長の歳月、わしはなにも学んではおらなかった。『死の秘宝』を、一つにまとめるに値しない者であった。そのことを、わしはそれまで何度も思い知らされていたのじゃが、そのときに、決定的に思い知ったのじゃ」

「どうしてですか?」ハリーが聞く。「当然なのに！　先生はまたみんなに会いたかった。それがどうして悪いんですか?」

「ハリー、三つの秘宝を一つにすることができる人間は、おそらく百万人に一人であろう。わしは、せいぜい秘宝の中で最も劣り、一番つまらぬ物を所有するに値する者であった。ニワトコの杖を所有し、しかもそれを吹聴せず、それで人を殺さぬことに適しておったのじゃ。わしは杖を手なずけ、使いこなすことを許された。なぜなら、わしがそれを手にしたのは、勝つためではなく、ほかの人間をその杖から護るためだったからじゃ」

「しかし『マント』は、虚しい好奇心から手に入れた。そうじゃから、わしに対しては、真の所有者である、きみに対する働きと同じ効果はなかったことじゃろう。『石』にしても、わしの場合、安らかに眠っている者を、むりやり呼びもどすために使ったことじゃろう。自らの犠牲を可能にするために使った、きみの場合とはちがう。きみこそ、三つの『秘宝』を所有するにふさわしい者じゃ」

ダンブルドアは、ハリーの手を軽くたたく。ハリーは顔を上げて老人を見上げ、ほほえむ。自然に笑いかけていた。ダンブルドアに腹を立て続けることなど、どうしてできよう？

「こんなに難しくする必要が、あったのですか？」

ダンブルドアは、動揺したようにほほえんだ。

「ハリー、わしはのう、すまぬが、ミス・グレンジャーがきみの歩みを遅らせてくれることを当てにしておった。きみの善なる心を、熱い頭が支配してしまいはせぬかと案じたのじゃ。誘惑の品々に関する事実をあからさまに提示されれば、きみもわしと同じように、誤ったときに、誤った理由で『秘宝』を手にしようとするのではないかと、それを恐れたのじゃ。きみが秘宝を手に入れるなら、それらを安全に所有して欲しかった。きみは真に死を克服する者じゃ。なぜなら、真の死の支配者は、『死』から逃げようとはせぬ。死なねばならぬということを受け入れるとともに、生ある世界のほうが、死ぬことよりもはるかに劣る場合があると理解できる者なのじゃ」

「それで、ヴォルデモートは、秘宝のことを知らなかったのですか?」

「知らなかったじゃろう。分霊箱(ぶんれいばこ)にした物の一つが、『蘇り(よみがえ)の石』であることにも気づかなかったのじゃから。しかし、ハリー、たといあの者が秘宝のことを知っていたにせよ、最初の品以外に興味を持ったとは思えぬ。『マント』が必要だとは考えなかったろうし、石にしても、いったいだれを死から呼びもどしたいと思うじゃろう? ヴォルデモートは死者を恐れた。あの者はだれをも愛さぬ」

「でも先生は、ヴォルデモートが杖を追うと予想なさったでしょう?」

「リトル・ハングルトンの墓場で、きみの杖がヴォルデモートの杖を打ち負かしたときから、わしは、あの者が杖を求めようとするにちがいないと思うておった。あの者は、最初のうち、きみの腕のほうが勝っていたがために敗北したのではないかと、それを恐れておったのじゃ。しかし、オリバンダーを拉致し、双子の芯のことを知った。ヴォルデモートは、それですべてが説明できると思ったのじゃ。ところが借り物の杖も、きみの杖の前では同じことじゃった！　ヴォルデモートは、きみの杖をそれほど強力にしたのがきみの資質だと考えるのではなく、つまり、きみに備わっていて自らには欠如している才能がなにかを問うてみるのではなく、当然ながら、すべての杖を破ると噂に聞く、唯一の杖を探しに出かけたのじゃ。ヴォルデモートにとっては、ニワトコの杖への執着が、きみへの執着に匹敵するほど強いものになった。ニワトコの杖こそ、自らの最後の弱みを取り除き、真に自分を無敵にするものと信じたのじゃ。哀れなセブルスよ……」

「先生が、スネイプによるご自分の死を計画なさったのなら、『ニワトコの杖』は、スネイプに渡るようにしようと思われたのですね？」

「たしかに、そのつもりじゃった」ダンブルドアが答える。「しかし、わしの意図どおりには運ばなかったじゃろう？」

「そうですね」ハリーが言う。「その部分はうまくいきませんでした」

背後の生き物が急にびくっと動き、うめく。ハリーとダンブルドアは、いままで一番長い間、無言で座っていた。その長い時間に、ハリーには次になにが起こるのかが、静かに降る雪のように徐々に読めてきた。

「僕は、帰らなければならないのですね？」

「きみ次第じゃ」

「選べるのですか？」

「おお、そうじゃとも」ダンブルドアがハリーにほほえみかける。「ここはキングズ・クロスだと言うのじゃろう？　もしきみが帰らぬと決めた場合は、たぶん……そうじゃな……乗車できるじゃろう」

「それで、汽車は、僕をどこに連れていくのですか？」

「先へ」ダンブルドアは、それだけしか言わなかった。

また沈黙が流れた。

「ヴォルデモートは、『ニワトコの杖』を手に入れました」

「さよう。ヴォルデモートは、『ニワトコの杖』を持っておる」

「それでも先生は、僕に帰って欲しいのですね？」

「わしが思うには――」ダンブルドアが言う。「もしきみが帰ることを選ぶなら、ヴォルデモートの息の根を完全に止める可能性はある。約束はできぬがのう。しかし、ハリー、わしにはこれだけはわかっておる。きみがふたたびここにもどるときには、ヴォルデモートほどにここを恐れる理由はない」

ハリーは、離れたところにある椅子の下の暗がりで、震え、息を詰まらせている生々しい生き物に、もう一度目を遣る。

「死者を哀れむではない、ハリー。生きている者を哀れむのじゃ。とくに愛なくして生きている者たちを。きみが帰ることで、傷つけられる人間や、引き裂かれる家族の数を少なくすることができるかもしれぬ。それがきみにとって、価値ある目標と思えるのなら、われわれはひとまず別れを告げることとしよう」

ハリーはうなずいて、ため息をつく。この場所を去ることは、「禁じられた森」に入っていったときに比べれば、難しいとは言えない。しかし、ここは温かく、明るく、平和なのに、これからもどっていく先には痛みがあり、さらに多くの命が失われる恐れがあることがわかっている。ハリーは立ち上がる。ダンブルドアも腰を上げ、二人は互いに、長い間じっと見つめ合う。

「最後に、一つだけ教えてください」ハリーがたずねる。「これは現実のことなのですか？　それとも、全部、僕の頭の中で起こっていることなのですか？」

ダンブルドアは晴れやかにハリーに笑いかける。明るい靄がふたたび濃くなり、ダンブルドアの姿をおぼろげにするが、その声はハリーの耳に大きく強く響いてくる。

「もちろん、きみの頭の中で起こっていることじゃよ、ハリー。しかし、だからと言って、それが現実ではないと言えるじゃろうか？」

第36章　誤算

ハリーはふたたびうつ伏せになって、地面に倒れていた。「禁じられた森」の匂いが鼻腔を満たす。頬にひやりと固い土を感じ、倒れたときに横にずれたメガネの蝶番がこめかみに食い込む。体中が一分の隙もなく痛み、「死の呪文」に打たれた箇所は、鉄籠手をつけた拳を打ち込まれて傷ついたように感じる。ハリーは、倒れたままの位置で、左腕を不自然な角度に曲げ口はぽかんと開けたまま、じっとしていた。

ハリーが死んだことを祝う勝利の歓声が聞こえるだろうと思ったが、あたりはあわただしい足音と、ささやき声や気遣わしげにつぶやく声に満ちている。

「わが君……わが君……」

ベラトリックスの声。まるで恋人に話しかけているようだ。ハリーは、目を開ける気にはなれないが、すべての感覚で現状の難しさを探ろうとした。胸になにか固い物が押しつけられているのを感じる。杖はまだローブの下に収まっているらしい。胃袋のあたりに薄いクッションが当てられているような感触からして、「透明マント」もそこに、外からは見えないように隠されているはずだ。

「わが君……」

「もうよい」ヴォルデモートの声がした。

また足音が聞こえる。数人の死喰い人が、同じ場所からいっせいに後退したようだ。なにが起きているのか、なぜなのかをどうしても知りたくて、ハリーは薄目を開ける。

ヴォルデモートが立ち上がろうとしている気配だ。死喰い人が数人、あわててヴォルデモートのそばを離れ、空き地に勢揃いしている仲間の群れにもどる。ベラトリックスだけがヴォルデモートのそばにひざまずき、その場に残っている。

ハリーはまた目を閉じ、いま見た光景を考える。どうやら、ヴォルデモートは倒れていたらしく、死喰い人たちがそのまわりに集まっていた。「死の呪文」でハリーを撃ったとき、なにかが起こったようだ。ヴォルデモートも気を失ったということか？どうもそのようだ。すると、二人とも短い時間失神して、二人ともいまもどってきた……。

「わが君、どうか私めに――」

「俺様に手助けは要らぬ」ヴォルデモートが冷たく言い放つ。

ハリーには見えなかったが、ベラトリックスが、差し出した手を引っ込める様子が想像できる。

「あいつは……死んだか？」

空き地は、完全に静まり返っている。だれもハリーに近づかない。しかし、全員の目がハリーに注がれるのを感じ、その力で、ハリーはますます強く地面に押しつけられるような気がする。指一本、瞼の片方でもぴくりと動きはしないかと、ハリーはそのことを恐れた。

「おまえ」

ヴォルデモートの声とともに、バーンという音がして、痛そうな小さい悲鳴が聞こえた。

「あいつを調べろ。死んでいるかどうか、俺様に知らせるのだ」

だれが検死にくるのか、ハリーにはわからない。持ち主の意に逆らいどくどく脈打つ心臓を抱えてその場に横たわったまま、ハリーは調べられるのを待つ。しかし同時にハリーは、ヴォルデモートがすべてが計画どおりには運ばなかったことを疑い、用心して自分に近づかないのだと気づいて、わずかにではあるがほっとする。思ったより柔らかい両手がハリーの顔に触れ、片方の瞼をめくり上げ、そろそろとシャツの中に入って胸に下り、心臓の鼓動を探る。女性の早い息遣いが聞こえ、長い髪が顔をくすぐる。女性は、ハリーの胸板を打つしっかりした生命の鼓動を感じ取ったはずだ。

「ドラコは生きていますか？　城にいるのですか？」

ほとんど聞き取れないほどのかすかな声だ。女性は、唇をハリーの耳につくほど近づけ、覆いかぶさるようにしてその長い髪でハリーの顔を見物人から隠している。

「ええ」ハリーがささやき返す。

胸に置かれた手がぎゅっと縮み、その爪が肌に突き刺さる。手が引っ込められ、女性は体を起こす。

「死んでいます！」

ナルシッサ・マルフォイが、見守る人々に向かってさけぶ。

今度こそ歓声が上がった。死喰い人たちが勝利のさけびを上げ、足を踏み鳴らす。ハリーは、閉じた瞼(まぶた)を通して、赤や銀色の祝いの閃光(せんこう)がいっせいに空に打ち上げられるのを感じた。

地面に倒れて死んだふりをしながら、ハリーは事態を理解する。ナルシッサは、息子のドラコを探すには勝利軍としてホグワーツ城に入るしかないことを、知っている。ナルシッサにとっては、ヴォルデモートが勝とうが負けようが、もはやどうでもよいことなのだ。

「わかったか？」

ヴォルデモートが、歓声を凌ぐかん高い声でさけぶ。

「ハリー・ポッターは、俺様の手にかかって死んだ。もはや生ある者で、俺様を脅かす者は一人もいない！　よく見るのだ！　クルーシオ！　苦しめ！」

ハリーは、こうなることを予想していた。自分の屍が、汚されることもなく森の褥に横たわったままでいられるはずがない。ヴォルデモートの勝利を証明するために、死体に屈辱を与えずにはおかないはずだ。ハリーの体は宙に持ち上げられた。だらりとした様子を保つには、ありったけの意思の力が必要ではあるが、予想していたような痛みはない。一度、二度、三度と空中に放り上げられ、メガネが吹き飛び、杖がローブの下で少しずれるのを感じたが、ハリーは、ぐったりと生気のない状態を維持したままでいた。最後にもう一度地面に落下するハリーを見て、空き地全体に嘲りとかん高い笑い声が響き渡る。

「さあ」ヴォルデモートが命じる。「城へ行くのだ。そして、やつらの英雄がどんなざまになったかを、見せつけてやるのだ。死体をだれに引きずらせてくれよう？　いや――待て――」

あらためて笑いがわき起こる。やがてハリーは、横たわる体の下の地面が震動するのを感じた。

「貴様が運ぶのだ」ヴォルデモートが命じる。「貴様の腕の中なら、いやでもよく見えるというものだ。そうではないか？　ハグリッド、貴様のかわいい友人を拾え。メガネもだ――メガネをかけさせろ――やつだとわかるようにな」

誰かが、わざと乱暴に、メガネをハリーの顔にもどす。しかし、ハリーを持ち上げた巨大な両手は、かぎりなく優しかった。ハグリッドの両腕は、激しいすすり泣きで震えている。両腕であやすように抱かれたハリーの上に、大粒の涙がぼたぼた落ちてくる。こんなハグリッドに、まだすべてが終わったわけではないとほのめかすことなど、とてもできない。ハリーは身動きもせず、言葉も発しなかった。

「行け」

ヴォルデモートの言葉で、ハグリッドはからみ合った木々を押し分け、「禁じられた森」の出口に向かって、よろめきながら歩き出す。木の枝がハリーの髪やローブに引っかかったが、ハリーはじっと動かず、口をだらしなく開けたまま目を閉じていた。あたりは暗く、まわりでは死喰い人が歓声を上げ、ハグリッドは身も世もなく泣きじゃくっている。ハリーの首筋が脈打っているかどうかを確かめる者など、一人もいない……。

巨人が二人、死喰い人の後ろから、すさまじい音を立てて歩いている。ハリーの耳に、巨人が通る道々、木々がギシギシと軋（きし）んで倒れる音が聞こえる。あまりの騒音に、鳥たちは鋭い鳴き声を上げながら空に舞い上がる。死喰い人の嘲笑（あざわら）う声もかき消されるほどの鳴き声だ。勝利の行進は、広々とした校庭をめざして進んだ。しばらくすると、目を閉じていても暗闇が薄れるのが感じられ、木立ちがまばらになってきたことがわかる。

「ベイン！」

ハグリッドの突然の大声に、ハリーは危うく目を開けそうになる。

「満足だろうな、臆病者の駄馬どもが。おまえたちは戦わんかったんだからな？満足か、ハリー・ポッターが――死――死んで……？」

ハグリッドは言葉が続かず、新たな涙に咽せる。ハリーは、どのくらいのケンタウルスがこの行進を眺めているのかと気にはなったが、危険を冒してまで目を開けようとは思わない。群れのそばを通り過ぎるとき、ケンタウルスに軽蔑の言葉を浴びせる死喰い人もいた。間もなくハリーは、新鮮な空気から、森の端にたどり着いたことを知る。

「止まれ」

ハグリッドは、ヴォルデモートの命令にむりやり従わされたにちがいない。ハグリッドが少しよろめいたのを感じて、ハリーはそう思う。死喰い人たちが立っている場所にはいまや冷気が立ち込め、ハリーの耳に、森の境界を見回っている吸魂鬼のガラガラという息が聞こえてくる。しかし吸魂鬼はもはや、ハリーに影響を与えることはないだろう。生き延びたという事実が、あたかも父親の牡鹿の守護霊がハリーの胸の中に入り込んだように、吸魂鬼に対する護符となって、ハリーの中で燃えていた。

だれかが、ハリーのそばを通り過ぎる。それがヴォルデモート自身であることは、そのすぐあとに、魔法で拡大された声が聞こえてきたことから知る。声は校庭を通って高まり、ハリーの鼓膜を破るほどに鳴り響いた。

「ハリー・ポッターは死んだ。おまえたちが、やつのために命を投げ出しているときに、やつは自分だけ助かろうとして、逃げ出すところを殺された。おまえたちの英雄が死んだことの証に、死骸を持ってきてやったぞ」

「勝負はついた。おまえたちは戦士の半分を失った。俺様の死喰い人たちの前に、おまえたちは多勢に無勢だ。『生き残った男の子』は完全に敗北した。もはや、戦いはやめなければならぬ。抵抗を続ける者は、男も、女も、子供も虐殺されよう。その家族も同様だ。城を棄てよ。俺様の前にひざまずけ。さすれば命だけは助けてやろう。おまえたちの親も、子供も、兄弟姉妹も生きることができ、許されるのだ。そしておまえたちは、我々がともに作り上げる、新しい世界に参加するのだ」

校庭も城も、静まり返っている。ヴォルデモートがこれほど近くにいては、ハリーはとうてい目を開けることができない。

「こい」

ヴォルデモートがそう言いながら、前に進み出る音が聞こえ、ハグリッドがそのあとに従わされる動きを感じる。今度こそ、ハリーは薄目を開けた。すると、大蛇のナギニを肩に載せたヴォルデモートが、ハリーとハグリッドの前を意気揚々と進んでいくのが見える。ナギニはもう、魔法の檻から解き放たれている。しかし、両側を行進する死喰い人に気づかれずに、ローブに隠し持った杖を引き抜ける可能性などない。ゆっくりと夜が白みはじめていた……。

「ハリー」ハグリッドがすすり泣く。「おー、ハリー……ハリー……」

ハリーはふたたび固く目を閉じる。死喰い人たちが城に近づいたのを感じ、ハリーは耳をそばだてて、死喰い人のザックザックという足音と歓喜の声の中から、城の内側に生き残っている人々の気配を聞き分けようとする。

「止まれ」

死喰い人たちが止まる。開かれた学校の玄関扉に面して、死喰い人たちが一列に広がる物音が聞こえる。閉じた瞼を通してでさえ、玄関ホールからハリーに向かって流れ出す、赤みがかった光が感じ取れる。ハリーは待った。ハリーが命を捨ててまで護ろうとした人々が、いまにもハグリッドの腕の中でまぎれもなく死んでいるハリーを見るはずだ。

「ああぁぁっ！」

ハリーは、マクゴナガル教授がそんな声を出すとは、夢にも思わなかった。それだけにそのさけび声はいっそう悲痛だ。別の女性が、ハリーの近くで声を上げて笑うのが聞こえる。マクゴナガルの絶望の悲鳴に、ベラトリックスが得意になっている。ハリーは、ほんの一瞬また薄目を開けた。開かれた扉から、人々があふれ出るのが見える。戦いに生き残った人々が玄関前の石段に出て征服者に対峙し、自らの目でハリーの死の真実を確かめようとしている。ヴォルデモートがハリーのすぐ前に立ち、蠟のような指一本でナギニの頭をなでている。ハリーはまた目を閉じる。

「そんな！」

「そんな！」

「ハリー！　ハリー！」

ロン、ハーマイオニー、そしてジニーの声は、マクゴナガルの声より悲痛だった。ハリーはどんなに声を返したかったことか。しかし、ハリーはなおも黙って、だらんとしたままでいた。三人のさけびが引き金になり、生存者たちが義に奮い立ち、口々に死喰い人を罵倒するさけび声を上げる。しかし――。

「黙れ！」

ヴォルデモートがさけび、バーンという音とまぶしい閃光とともに、全員が沈黙させられた。

「終わったのだ！　ハグリッド、そいつを俺様（おれさま）の足元に下ろせ。そこが、そいつにふさわしい場所だ！」

ハリーは芝生に下ろされるのを感じた。

「わかったか？」ヴォルデモートが声を張り上げる。

ハリーが横たわっている場所のすぐ横を、ヴォルデモートが大股（おおまた）で往（い）ったりきたりしている。

「ハリー・ポッターは、死んだ！　惑わされた者どもよ、いまこそわかっただろう？　ハリー・ポッターは、最初から何者でもなかった。ほかの者たちの犠牲に頼った小僧にすぎなかったのだ！」

「ハリーはおまえを破った！」

ロンの大声で呪文が破れ、ホグワーツを護る戦士たちが、ふたたびさけび出す。しかしさらに強力な爆発音が、再度全員の声を消し去る。

「こやつは、城の校庭からこっそり抜け出そうとするところを殺された」

ヴォルデモートが告げる。その声に、自分の嘘を楽しむ響きが読み取れる。

「自分だけが助かろうとして殺された――」

しかし、ヴォルデモートの声はそこで途切れた。小走りに駆け出す音、さけび声、そしてまたバーンという音が聞こえ、閃光（せんこう）が走って痛みにうめく声がする。ハリーは、ごくわずか目を開ける。だれかが仲間の群れから飛び出し、ヴォルデモートを攻撃したようだ。そのだれかが「武装解除」され、地面に打ちつけられた。ヴォルデモートは、奪った挑戦者の杖（つえ）を投げ捨てて、笑っている。

「いったいだれだ？」

ヴォルデモートが、蛇のようにシューシューと息を吐（は）きながら呼ばわる。

「負け戦を続けようという者が、どんな目にあうか、進んで見本を示そうという愚か者はだれだ？」

ベラトリックスが、うれしそうな笑い声を上げる。

「わが君、ネビル・ロングボトムです！　カロー兄妹（きょうだい）をさんざんてこずらせた小僧です！　例の闇祓（やみばら）い夫婦の息子ですが、憶（おぼ）えておいででしょうか」

「おう、なるほど、憶えている」

ヴォルデモートは、やっと立ち上がったネビルを見下ろす。敵味方の境の戦場に、武器もなく、隠れる場所もなく、ネビルはただ一人立っていた。

「しかし、おまえは純血だ。勇敢な少年よ、そうだな？」

ヴォルデモートは、空（から）の両手で拳（こぶし）をにぎりしめ、自分と向き合って立っているネビルに問いかける。

「だったらどうした？」ネビルが大声で返した。

「おまえは、気概と勇気のあるところを見せた。それに、おまえは高貴な血統の者だ。貴重な死喰い人になれる。ネビル・ロングボトム、我々にはおまえのような血筋の者が必要だ」

「地獄の釜の火が凍ったら、仲間になってやる」ネビルが声を張る。「ダンブルドア軍団！」

ネビルのさけびに応えて、城の仲間から歓声がわき起こる。ヴォルデモートの「黙らせ呪文」でも抑えられない声のようだ。

「いいだろう」

ヴォルデモートが言う。滑らかなその声に、ハリーは、最も強力な呪いよりも危険なものを感じた。

「それがおまえの選択なら、ロングボトムよ、我々はもともとの計画にもどろう。どういう結果になろうと――おまえが決めたことだ」

薄目を開けたまま、ハリーはヴォルデモートが杖を振るのを見た。たちまち、破れた城の窓の一つから、不恰好な鳥のような物が、薄明かりの中に飛び出し、ヴォルデモートの手に落ちる。ヴォルデモートは、そのかびだらけの物の尖った端を持って、振った。ボロボロで、空っぽのなにかが、だらりと垂れ下がる。組分け帽子だ。

「ホグワーツ校に、組分けは要らなくなる」ヴォルデモートが言う。

「四つの寮もなくなる。わが高貴なる祖先であるサラザール・スリザリンの紋章、盾、そして旗があれば十分だ。そうだろう、ネビル・ロングボトム？」

ヴォルデモートが杖をネビルに向けると、ネビルの体が硬直する。そしてその頭に、目の下まですっぽり帽子がかぶせられた。城の前で見ていた仲間の一団が動いた。すると死喰い人がいっせいに杖を上げ、ホグワーツの戦士たちを遠ざける。

「ネビルがいまここで、愚かにも俺様に逆らい続けるとどうなるかを、見せてくれるわ」

ヴォルデモートはそう言うと、杖を軽く振る。組分け帽子がめらめらと燃え上がった。

悲鳴が夜明けの空気を引き裂く。ネビルは動くこともできず、その場に根が生えたように立ったまま炎に包まれる。ハリーはこれ以上こらえることはできなかった。行動しなければ――。

その瞬間、一時にいろいろなことが起こる。

遠い校庭の境界から、どよめきが聞こえた。そこからは見えない遠くの塀を乗り越えて、何百人とも思われる人々が押し寄せ、雄叫びを上げて城に突進してくる音だ。

同時に、グロウプが、「ハガー！」とさけびながら、城の側面からドスンドスンと現れる。そのさけびに応(こた)えて、ヴォルデモート側の巨人たちが吠(ほ)え、大地を揺るがしながら、グロウプ目がけて雄象のように突っ込んでいく。

さらに、蹄(ひづめ)の音が聞こえ、弓弦(ゆづる)が鳴り、死喰い人の上に突然矢が降ってきた。不意を衝(つ)かれた死喰い人は、さけび声を上げて隊列を乱す。ハリーは、ローブから「透明マント」を取り出し、パッとかぶって飛び起きる。ネビルも動いた。

すばやい滑らかな動きで、自分にかけられていた「金縛(かなしば)りの術」を解く。炎上していた帽子が落ち、ネビルはその奥からなにか銀色の長い物を取り出した。輝くルビーの柄(つか)――。

銀の剣(つるぎ)を振り下ろす音は、押し寄せる大軍のさけびと、巨人のぶつかり合う音、ケンタウルスの蹄の音に飲まれて聞こえなかったが、剣の動きはすべての人の目を引きつけた。一太刀で、ネビルは大蛇の首を切り落とした。首は玄関ホールからあふれ出る明かりにぬめぬめと光り、回りながら空中高く舞う。ヴォルデモートは口を開け、怒りのさけびを上げたが、その声はだれの耳にも届かない。そして大蛇の胴体は、どさりとヴォルデモートの足元に落ちた。

「透明マント」に隠れたまま、ハリーはヴォルデモートが杖を上げる前に、ネビルとの間に「盾(たて)の呪文」をかける。そのとき、悲鳴やわめき声、そして戦う巨人たちが轟(とどろ)かせる足音を乗り越えて、ハグリッドのさけぶ声がいちだんと大きく聞こえてきた。

「ハリー！」ハグリッドが声を張り上げる。「ハリー――ハリーはどこだ？」

なにもかもが混沌としていた。突撃するケンタウルスが死喰い人を蹴散らし、だれもが巨人たちに踏みつぶされまいと逃げ惑っている。そして、どこからともなく援軍の轟きがますます近づいてくる。巨大な翼を持つ生き物たちの、ヴォルデモート側の巨人の頭上を襲って飛び回る姿が、ハリーの目に入る。セストラルたちとヒッポグリフのバックビークが、巨人たちの目玉をひっかく一方、グロウプは相手をめちゃくちゃになぐりつけている。そしていまや、ホグワーツの防衛隊とヴォルデモートの死喰い人軍団の区別なく、魔法使いたちは城の中に退却せざるをえない状態となった。ハリーは、死喰い人を見つけるたびに呪いを撃ち、撃たれたほうは、だれになにを撃ち込まれたのかもわからずに倒れて、退却する人々に踏みつけられていた。

「透明マント」に隠れたまま人波に押されて玄関ホールに入ったハリーは、ヴォルデモートを探し、ホールの反対側で呪いを放ちながら大広間に後退していく、その姿を見つけた。四方八方に呪いを飛ばしながら、ヴォルデモートはかん高い声で部下に指令を出し続けている。ハリーは、ヴォルデモートの犠牲になりかかっていたシェーマス・フィネガン、ハンナ・アボットに、「盾の呪文」をかけた。二人はヴォルデモートの脇をすり抜けて大広間に飛び込み、戦いの真っ最中の仲間に加わる。

玄関前の石段には、味方が続々と押し寄せていた。チャーリー・ウィーズリーがエメラルド色のパジャマを着たままのホラス・スラグホーンを追い越して入ってくるのが見える。二人は、ホグワーツに残って戦っていた生徒の家族や友人たちと、ホグズミードに店や家を持つ魔法使いたちを率いてもどってきた。ケンタウルスのベイン、ロナン、マゴリアンが、蹄の音も高く大広間に飛び込んできたそのとき、ハリーの背後の、厨房に続く扉の蝶番が吹き飛んだ。

ホグワーツの屋敷しもべ妖精たちが、厨房の大ナイフや肉切り包丁を振りかざし、さけび声を上げて玄関ホールにあふれ出た。その先頭に立ち、レギュラス・ブラックのロケットを胸に躍らせたクリーチャーが、この喧騒の中でもはっきり聞こえる食用ガエルのような声を張り上げている。

「戦え！　戦え！　我がご主人様、しもべ妖精の擁護者のために！　闇の帝王と戦え！　勇敢なるレギュラス様の名の下に戦え！　戦え！」

しもべ妖精たちは、敵意をみなぎらせる小さな顔を生き生きと輝かせ、死喰い人の足首をめった切りにし、脛に包丁を突き刺す。ハリーの目の届くかぎりどこもかしこも、死喰い人は、圧倒的な数に押されて総崩れとなる。呪文に撃たれたり、突き刺さった矢を傷口から抜いたり、しもべ妖精に足を刺される者もいれば、なんとか逃げようとして、押し寄せる大軍に呑み込まれる者もいた。

しかし、まだ終わったわけではない。ハリーは一騎打ちする人々の中を駆け抜け、逃れようともがく捕虜たちの前を通り過ぎて、大広間に入る。

ヴォルデモートは戦闘の中心にいて、呪文の届く範囲一帯に、強力な呪いを打ち込んでいた。ハリーは的確に狙いを定められず、姿を隠したまま、ヴォルデモートにより近づこうと周囲をかき分けて進む。歩ける者はだれもが大広間に押し入り、中はますます混雑した。

ヤックスリーは、ジョージとリー・ジョーダンに床に打ちのめされ、ドロホフは、フリットウィックの手にかかって悲鳴を上げて倒れた。ワルデン・マクネアは、ハグリッドに取って投げられ、部屋の反対側の石壁にぶつかって気絶し、ずるずると壁を滑り落ちて床に伸びた。ロンとネビルはフェンリール・グレイバックを倒し、アバーフォースはルックウッドを「失神」させ、アーサーとパーシーは、シックネスを床に打ち倒していた。ルシウス・マルフォイとナルシッサは、戦おうともせずに息子の名をさけびながら、戦闘の中を走り回っている。

ヴォルデモートはいま、マクゴナガル、スラグホーン、キングズリーの三人を一度に相手取り、冷たい憎しみの表情で対峙している。三人は、呪文を右へ左へとかわしたりかいくぐったりしながら包囲はしていたが、ヴォルデモートを仕留めることはできないでいる——。

ベラトリックスも、ヴォルデモートから四、五十メートル離れたところで、しぶとく戦っていた。主君と同じように、三人を一度に相手取っている。ハーマイオニー、ジニー、ルーナは力のかぎり戦っていたが、ベラトリックスは一歩も引かない。「死の呪文」がジニーをかすめ、危うくジニーの命が――。ハリーは、ヴォルデモートから気を逸らしてしまった。

ハリーは目標を変え、ヴォルデモートにではなく、ベラトリックスに向かって走り出す。しかし、ほんの数歩も行かないうちに、横ざまに突き飛ばされてしまう。

「私の娘になにをする！　この女狐め！」

ウィーズリー夫人は駆け寄りながらマントをかなぐり捨て、両腕を自由にする。ベラトリックスはくるりと振り返り、新しい挑戦者を見て大声を上げて笑う。

「おどき！」

ウィーズリー夫人が三人の女子をどなりつけ、シュッと杖をしごいて決闘に臨んでいく。モリー・ウィーズリーの杖が空を切り裂き、すばやく弧を描くのを、ハリーは恐怖と昂揚感の入り交じった気持ちで見守った。ベラトリックス・レストレンジの顔から笑いが消え、歯をむき出しにしてうなりはじめる。双方の杖から閃光が噴き出し、二人の魔女の足元の床は熱せられて、亀裂が走る。二人とも本気で相手を殺すつもりの戦いを繰り広げていた。

「おやめ！」

応援しようと駆け寄った数人の生徒を、ウィーズリー夫人が大声で制する。

「下がっていなさい！　下がって！　この女は私がやる！」

何百人という人々がいまや壁際に並び、二組の戦いを見守っている。ヴォルデモート対三人の相手、ベラトリックス対モリーだ。ハリーは、マントに隠れたまま立ちすくみ、二組の間で心が引き裂かれていた。攻撃したい、しかし護ってあげたい。それに、罪もない者を撃ってしまわないともかぎらない。

「私がおまえを殺してしまったら、子供たちはどうなるだろうね？」

モリーの呪いが右に左に飛んでくる中を跳ね回りながら、ベラトリックスは、主君同様、狂気の様相でモリーをからかう。

「ママが、フレディちゃんとおんなじようにいなくなったら？」

「おまえなんかの——手に——二度と——私の——子供たち——を——触れさせて——なるものか！」ウィーズリー夫人がさけぶ。

ベラトリックスは声を上げて笑う。いとこのシリウスが、ベールの向こうに仰向けに倒れたときの、あの興奮した笑い声と同じだ。突然ハリーは、次になにが起こるかを予感した。

モリーの放った呪いが、ベラトリックスのやはり呪文をかけようと伸ばした片腕の下をかいくぐって踊り上がり、ベラの胸を直撃する。心臓の真上だ。

ベラトリックスの悦に入った笑いが凍りつき、両眼が飛び出したように見えた。ほんの一瞬だけベラトリックスは自分になにが起こったのかを認識した顔をし、次の瞬間、ばったりと倒れた。周囲から「うおーっ」という声が上がり、ヴォルデモートはかん高いさけび声を上げた。

ハリーは、スローモーションで振り向いたような気になった。目に入ったのは、マクゴナガル、キングズリー、スラグホーンの三人が仰向けに吹き飛ばされ、手足をばたつかせながら宙を飛んでいる姿だ。最後の、そして最強の副官が倒されたことに、ヴォルデモートの怒りが炸裂した。ヴォルデモートが杖を上げ、モリー・ウィーズリーを狙う。

「プロテゴ！　護れ！」

ハリーが大声で唱える。「盾の呪文」が、大広間の真ん中に広がった。ヴォルデモートは、呪文の出所を目を凝らして探している。そのとき、ハリーが「透明マント」を脱いだ。

衝撃のさけびや歓声と、あちこちからわき起こる「ハリー！」「ハリーは生きている！」の呼び声は、しかし、たちまちにしてやむ。ヴォルデモートとハリーが睨み合い、同時に、互いに距離を保ったまま円を描いて動き出した。この光景に、見守る人々は恐れ、周囲は静まり返る。

「だれも手を出さないでくれ」

ハリーが大声でみなを制する。水を打ったような静けさの中で、その声はトランペットのように突き刺さる。

「一騎打でなければならない。僕でなければならないんだ」

ヴォルデモートは、シューシューと息を吐(は)きながら回っている。

「本気ではあるまい、ポッター」ヴォルデモートは赤い眼を見開く。「ポッターのやり方はそうではないはずだ。今日はだれを盾(たて)にするつもりだ、ポッター？」

「だれでもない」ハリーは一言で答えた。

「分霊箱(ぶんれいばこ)はもうない。残っているのはおまえと僕だけだ。一方が生きるかぎり、他方は生きられぬ。二人のうちどちらかが、永遠に去ることになる……」

「どちらかがだと？」

ヴォルデモートが嘲(あざけ)る。全身を緊張させ、真っ赤な両眼を見開き、いまにも襲いかかろうとする蛇のようだ。

「勝つのは自分だと考えているのだろうな？　そうだろう？　偶然生き残った男の子。ダンブルドアに操られて生き残った男の子」

「偶然？　母が僕を救うために死んだときのことが、偶然だと言うのか？」

ハリーが問い返す。二人は互いに等距離を保ち、完全な円を描いて、横へ横へと回り込んでいる。ハリーには、ヴォルデモートの顔しか見えない。

「偶然か？　僕があの墓場で、戦おうと決意したときのことが？　今夜、身を護ろうともしなかった僕がまだこうして生きていて、ふたたび戦うためにもどってきたことが偶然だと言うのか？」

「偶然だ！」

ヴォルデモートがかん高くさけぶ。しかし、まだ攻撃してこない。見守る群衆も、石のように動かない。何百人もいる大広間の中で、二人以外はだれも息をしていないかのようだ。

「偶然だ。たまたまにすぎぬ。おまえは、自分より偉大な者たちの陰に、めそめそとうずくまっていたというのが事実だ。そして俺様に、おまえの身代わりにそいつらを殺させたのだ」

「今夜のおまえは、ほかのだれも殺せない」

ぐるぐる回り込みながら互いの目を見据え、緑の目が赤い眼を見つめて、ハリーが言い放つ。

「おまえはもうけっして、だれも殺すことはできない。わからないのか？　僕は、おまえがこの人々を傷つけるのを阻止するために、死ぬ覚悟だった――」

「しかし死ななかったな！」

「――死ぬつもりだった。だからこそ、こうなったんだ。僕のしたことは、母の場合と同じだ。この人たちを、おまえから護ったのだ。おまえがこの人たちにかけた呪文は、どれ一つとして完全には効いていない。気がつかないのか？　おまえは、この人たちを苦しめることはできない。指一本触れることはできない。リドル、おまえは過ちから学ぶことを知らないのか？」

「よくも――」

「ああ、言ってやる」ハリーがなおも続ける。「トム・リドル、僕はおまえの知らないことを知っている。おまえにはわからない、大切なことをたくさん知っている。おまえがまた大きな過ちを犯す前に、いくつかでも聞きたいか？」

ヴォルデモートは答えず、獲物を狙うように回り込んでいる。ハリーは、一時的にせよヴォルデモートの注意を引きつけ、その動きを封じることができたと思う。ハリーが本当に究極の秘密を知っているのではないかというかすかな可能性に、ヴォルデモートはたじろいでいる……。

「また愛か？」

ヴォルデモートが言う。蛇のような顔が嘲っている。

「ダンブルドアお気に入りの解決法、愛。それが、いつでも死に打ち克つとやつは言った。だが、愛は、やつが塔から落下して、古い蠟細工のように壊れるのを阻止しなかったではないか？　愛、おまえの『穢れた血』の母親が、ゴキブリのように俺様に踏みつぶされるのを防ぎはしなかったぞ、ポッター——それに、今度こそ、おまえの前に走り出て、俺様の呪いを受け止めるほど、おまえを愛している者はいないようだな。さあ、俺様が攻撃すれば、今度はなにがおまえの死を防ぐと言うのだ？」

「一つだけある」ハリーが答える。

二人はまだ互いに回り込み、相手にだけ集中し、最後の秘密だけが、二人を隔てていた。

「いま、おまえを救うものが愛でないのなら」ヴォルデモートが言う。「俺様にはできない魔法か、さもなくば俺様の武器より強力な武器を、おまえが持っていると信じ込んでいるのか？」

「両方とも持っている」ハリーが言い放つ。

蛇のような顔にさっと衝撃が走るのを、ハリーは見逃さなかった。しかし、それはたちまち消える。ヴォルデモートは声を上げて笑いはじめる。悲鳴より、もっと恐ろしい声だ。おかしさのかけらもない狂気じみた声が、静まり返った大広間に響き渡る。

「俺様を凌ぐ魔法を、おまえが知っているとでも言うのか？」ヴォルデモートが嘲笑いながら聞く。「この俺様を、ヴォルデモート卿を凌ぐと？　ダンブルドアでさえ夢想だにしなかった魔法を行った、この俺様をか？」

「いいや、ダンブルドアは夢見た」ハリーが答える。「しかし、ダンブルドアは、おまえより多くのことを知っていた。知っていたから、おまえのやったようなことはしなかった」

「つまり、弱かったということだ！」ヴォルデモートがかん高くさけぶ。「弱いが故に、できなかったのだ。弱いが故に、自分の掌握できたはずのものを、そして俺様が手にしようとしているものを、手に入れられなかっただけのことだ！」

「ちがう。ダンブルドアはおまえより賢明だった」ハリーが言い立てる。「魔法使いとしても、人間としても、より優れていた」

「俺様が、アルバス・ダンブルドアに死をもたらした！」

「おまえが、そう思い込んだだけだ」ハリーが訂正する。「しかし、おまえはまちがっていた」

見守る群衆が、はじめて身動きする。壁際の何百人がいっせいに息を呑む。

「ダンブルドアは死んだ！」

ヴォルデモートは、ハリーに向かってその言葉を投げつける。その言葉が、ハリーに耐え難い苦痛を与えるとでもいうように。

「あいつの骸はこの城の校庭の、大理石の墓の中で朽ちている。俺様はそれを見たのだ、ポッター。あいつはもどってはこぬ！」

「そうだ。ダンブルドアは死んだ」ハリーは落ち着いて返す。「しかし、おまえの命令で殺されたのではない。ダンブルドアは、自分の死に方を選んだだけだ。死ぬ何か月も前に選んだのだ。おまえが自分の下僕だと思っていたある男と、すべてを示し合わせていた」

「なんたる子供だましの夢だ？」

そう言いながらも、ヴォルデモートはまだ攻撃しようとはせず、赤い眼はハリーの目をとらえたまま離さない。

「セブルス・スネイプは、おまえのものではない」ハリーが言う。「スネイプはダンブルドアのものだった。おまえが僕の母を追いはじめたときから、ダンブルドアのものだった。おまえは、一度もそれに気づかない。それは、おまえが理解できないもののせいだ。リドル、おまえは、スネイプが守護霊を呼び出すのを、見たことがないのだろう？」

ヴォルデモートは答えない。二人は、いまにも互いを引き裂こうとする二頭の狼のように、回り続ける。

「スネイプの守護霊は牝鹿だ」ハリーが続ける。「僕の母と同じだ。スネイプは子供のころからほとんど全生涯をかけて、ぼくの母を愛していた。それに気づくべきだったな」

　ヴォルデモートの鼻の穴がふくらむのを見ながら、ハリーが言う。

「スネイプは、僕の母の命乞いをしただろう？」

「スネイプは、あの女が欲しかった。それだけだ」ヴォルデモートがせせら笑う。「しかし、あの女が死んでからは、女はほかにもいるし、より純血の、より自分にふさわしい女がいると認めた――」

「もちろん、スネイプはおまえにそう言った」ハリーがなおも続ける。「しかし、スネイプは、おまえが母を脅(おびや)かしたその瞬間から、ダンブルドアのスパイになった。そして、それ以来ずっと、おまえに背いて仕事をしてきたんだ！　ダンブルドアは、スネイプが止(とど)めを刺す前に、もう死んでいたのだ！」

「どうでもよいことだ！」

　一言一言を、魅入られたように聞いていたヴォルデモートは、かん高くさけんで、狂ったように高笑いする。

「スネイプが俺様(おれさま)のものか、ダンブルドアのものかなど、どうでもよいことだ。俺様の行く手に、二人がどんなつまらぬ邪魔物を置こうとしたかも問題ではない！　俺様はそのすべてを破壊した。スネイプが偉大なる愛を捧げたとかいう、おまえの母親を破壊したと同様にだ！　ああ、しかし、これですべてが腑に落ちる、ポッター、おまえには理解できぬ形でな！」

「ダンブルドアは、ニワトコの杖を俺様から遠ざけようとした！　あいつは、スネイプが杖の真の持ち主になるように図った！　しかし、小僧、俺様のほうがひと足早かった――おまえが杖に手を触れる前に、俺様が杖にたどり着き、おまえが真実に追いつく前に、俺様が真実を理解したのだ。俺様は三時間前に、セブルス・スネイプを殺した。そして、ニワトコの杖、死の杖、宿命の杖は、真に俺様のものになった！　ダンブルドアの最後の謀は、ハリー・ポッター、失敗に終わったのだ！」

「ああ、そのとおりだ」ハリーが言う。「おまえの言うとおりだ。しかし、僕を殺そうとする前に、忠告しておこう。自分がこれまでにしてきたことを、考えてみたらどうだ……考えるんだ。リドル、そして、少しは後悔してみろ……」

「なにを戯けたことを?」

ハリーがこれまで言ったどんな言葉より、どんな思いがけない事実や嘲りより、これほどヴォルデモートを驚愕させた言葉はない。ハリーは、ヴォルデモートの瞳孔が縮んで縦長の細い切れ眼になり、眼のまわりの皮膚が白くなるのを見る。

「最後のチャンスだ」ハリーが言い切る。「おまえには、それしか残された道はない……さもないと、おまえがどんな姿になるか、僕は見た……勇気を出せ……努力するんだ……少しでも後悔してみるんだ……」

「よくもそんなことを――？」ヴォルデモートがまた言う。

「ああ、言ってやるとも」ハリーも返す。

「いいか、リドル。ダンブルドアの最後の計画が失敗したことは、僕にとっての裏目じゃない。おまえにとって裏目に出ただけだ」

ニワトコの杖をにぎる、ヴォルデモートの手が震えている。そしてハリーは、ドラコの杖をいっそう固くにぎりしめる。その瞬間がもう数秒後に迫っていることを、ハリーは感じる。

「その杖はまだ、おまえにとっては本来の機能を果たしていない。なぜなら、おまえが殺す相手をまちがえたからだ。セブルス・スネイプが、ニワトコの杖の真の所有者だったことはない。スネイプが、ダンブルドアを打ち負かしたのではない」

「スネイプが殺した――」

「聞いていないのか？　スネイプはダンブルドアを打ち負かしてはいない！　ダンブルドアの死は、二人の間で計画されていたことなんだ！　ダンブルドアは、杖の最後の真の所有者として、敗北せずに死ぬつもりだった！　すべてが計画どおりに運んでいたら、杖の魔力はダンブルドアとともに死ぬはずだった。なぜなら、ダンブルドアから杖を勝ち取る者は、だれもいないからだ！」

「それなら、ポッター、ダンブルドアは俺様に杖をくれたも同然だ！」

ヴォルデモートの声は、邪悪な喜びで震えている。

「俺様は、最後の所有者の墓から、杖を盗み出した！　最後の所有者の望みに反して、杖を奪った！　杖の力は俺様のものだ！」

「まだわかっていないらしいな、リドル？　杖を所有するだけでは十分ではない！　杖を持って使うだけでは、杖は本当におまえのものにはならない。オリバンダーの話を聞かなかったのか？　杖は魔法使いを選ぶ……ニワトコの杖は、ダンブルドアが死ぬ前に新しい持ち主を認識した。その杖に一度も触れたことさえない者だ。新しい主人は、ダンブルドアの意思に反して杖を奪った。その実、自分がなにをしたのかに一度も気づかずに。この世で最も危険な杖が、自分に忠誠を捧げたとも知らずに……」

ヴォルデモートの胸は激しく波打っている。ハリーは、いまにも呪いが飛んでくることを感じ取っていた。自分の顔を狙っている杖の中に、次第に高まっているものを感じている。

「ニワトコの杖の真の主人は、ドラコ・マルフォイだった」

ヴォルデモートの顔が、衝撃で一瞬呆然となる。しかし、それもすぐに消えた。

「それが、どうだというのだ？」ヴォルデモートは静かに言う。

「おまえが正しいとしても、ポッター、おまえにも俺様にもなんら変わりはない。

おまえにはもう不死鳥の杖はない。我々は技だけで決闘する……そして、おまえを殺してから、俺様はドラコ・マルフォイを始末する……」

「遅すぎたな」ハリーが言った。

「おまえは機会を逸した。僕が先にやってしまった。何週間も前に、僕はドラコを打ち負かした。この杖はドラコから奪った物だ」

ハリーは、サンザシの杖をぴくぴく動かす。大広間の目という目が、その杖に注がれる。

「要するに、すべてはこの一点にかかっている。ちがうか？」

ハリーはささやくように言い募る。

「おまえの手にあるその杖が、最後の所有者が『武装解除』されたことを知っているかどうかだ。もし知っていれば……ニワトコの杖の真の所有者は、僕だ」

二人の頭上の、魔法で空を模した天井に、突如、茜色と金色の光が広がり、一番近い窓の向こうに、まぶしい太陽の先端が顔を出す。光は同時に二人の顔に当たる。ヴォルデモートの顔が、突然ぼやけた炎のようになった。ヴォルデモートのかん高いさけびを聞くと同時に、ハリーはドラコの杖で狙いを定め、天に向かって一心込めてさけんでいた。

「アバダ　ケダブラ！」

「エクスペリアームス！」

ドーンという大砲のような音とともに、二人が回り込んでいた円の真ん中に、黄金の炎が噴き出し、二つの呪文が衝突した点を印した。ハリーは、ヴォルデモートの緑の閃光が自分の呪文にぶつかるのを見た。ニワトコの杖は高く舞い上がり、朝日を背に黒々と、ナギニの頭部のようにくるくると回りながら、魔法の天井を横切ってご主人様の元へと向かう。ついに杖を完全に所有することになった持ち主に向かって、自分が殺しはしないご主人様に向かって飛んでくる。的を逃さないシーカーの技で、ハリーの空いている片手が杖を捕える。そのとき、ヴォルデモートが両腕を広げてのけぞり、真っ赤な眼の、切れ目のように細い瞳孔が裏返った。トム・リドルは、ありふれた最期を迎えて床に倒れる。その身体は弱々しく萎び、蠟のような両手にはなにも持たず、蛇のような顔は虚ろで、なにも気づいてはいない。ヴォルデモートは、撥ね返った自らの呪文に撃たれて死んだ。そしてハリーは、二本の杖を手に、敵の抜け殻をじっと見下ろしていた。

身震いするような一瞬の沈黙が流れ、衝撃が漂った。次の瞬間、ハリーの周囲がどっと沸いた。見守っていた人々の悲鳴、歓声、さけびが空気をつんざく。新しい太陽が、強烈な光で窓を輝かせ、人々はわっとハリーに駆け寄る。真っ先にロンとハーマイオニーが近づき、二人の腕がハリーに巻きつく。二人のわけのわからないさけび声が、ハリーの耳にガンガン響く。そしてジニーが、ネビルが、ルーナがいる。それからウィーズリー一家とハグリッドが、キングズリーとマクゴナガルが、フリットウィックとスプラウトがいる。

　ハリーは、だれがなにを言っているのか一言も聞き取れず、だれの手がハリーをつかんでいるのか、引っ張っているのか、体のどこか一部を抱きしめようとしているのか、なにもかもわからなかった。何百という人々がハリーに近寄ろうとし、なんとかして触れようとしている。

　ついに終わったのだ。「生き残った男の子」のおかげで――。


　ゆっくりと、ホグワーツに太陽が昇る。そして大広間は生命と光で輝いた。歓喜と悲しみ、哀悼(あいとう)と祝賀の入り交じったうねりに、ハリーは欠かせない主役だった。みながハリーを求めていた。指導者であり象徴であり、救い主であり先導者であるハリーと一緒にいたがった。ハリーが寝ていないことも、ほんの数人の人間と一緒に過ごしたくてしかたがないことも、だれも思いつかないようだ。遺族と話をして手をにぎり、その涙を見つめ、感謝の言葉を受けたりしなければならなかった。

　陽が昇るにつれ、四方八方からいつのまにか報せ(しら)が入ってきた。国中で「服従(ふくじゅう)の呪文」にかけられていた人々が我に返ったこと、死喰い人たちが逃亡したり捕まったりしていること、アズカバンに収監されていた無実の人々が、いまこの瞬間に解放されていること、そして、キングズリー・シャックルボルトが魔法省の暫定大臣に指名されたこと、などなど……。

ヴォルデモートの遺体は、大広間から運び出され、フレッド、トンクス、ルーピン、コリン・クリービー、そしてヴォルデモートと戦って死んだ五十人以上に上る人々の亡骸とは離れた小部屋に置かれた。マクゴナガルは寮の長テーブルを元どおりに置いたが、もうだれも、寮に分かれて座りはしなかった。みなが交じり合い、先生も生徒も、ゴーストも家族も、ケンタウルスも屋敷しもべ妖精も一緒になった。フィレンツェは隅に横たわり、回復しつつあった。グロウプは、壊れた窓から中を覗き込んでいる。そしてみなが、グロウプの笑った口に食べ物を投げ込んでいる。しばらくして、疲労困憊したハリーは、ルーナが同じベンチの隣に座っていることに気づく。

「あたしだったら、しばらく一人で静かにしていたいけどな」ルーナが言う。

「そうしたいよ」ハリーが答える。

「あたしが、みんなの気を逸らしてあげるもン」ルーナが言う。

「『マント』を使っててちょうだいね」

ハリーがなにも言わないうちに、ルーナがさけぶ。

「うわァー、見て。ブリバリング・ハムディンガーだ！」

そしてルーナは窓の外を指さす。聞こえた者はみな、その方向を見た。ハリーは「マント」をかぶり、立ち上がる。

ハリーはもう、だれにも邪魔されずに大広間を移動できた。二つ離れたテーブルに、ジニーを見つける。母親の肩に頭を持たせて座っている。ジニーと話す時間はこれからくるはずだ。何時間も、何日も、いやたぶん何年も。ネビルが見える。食事している皿の横に、グリフィンドールの剣(つるぎ)を置き、何人かの熱狂的な崇拝者に囲まれている。テーブルとテーブルの間の通路を歩いていると、マルフォイ家の三人が、果たしてそこにいてもいいのだろうかという顔で、小さくなっているのが見えた。しかし、だれも三人のことなど気にかけていない。目の届くかぎり、あちこちで家族が再会を喜び合っている。そしてやっと、ハリーは一番話したかった二人を見つけた。

「僕だよ」

ハリーは二人の間にかがんで、耳打ちする。

「一緒にきてくれる?」

二人はすぐに立ち上がり、ハリー、ロン、ハーマイオニーの三人は、一緒に大広間を出る。大理石の階段は、あちこちが大きく欠け、手すりの一部もなくなっていて、数段上がるたびに瓦礫(がれき)や血の痕(あと)が見えた。

どこか遠くで、ピーブズが、廊下をブンブン飛び回りながら、自作自演で勝利の歌を歌っているのが聞こえる。

♪やったぜ　勝ったぜ　おれたちは
ちびポッターは　英雄だ
ヴォルちゃんついに　ボロちゃんだ
飲めや　歌えや　さあ騒げ！

「まったく、事件の重大さと悲劇性を、感じさせてくれるよな？」

ドアを押し開けてハリーとハーマイオニーを先に通しながら、ロンが言う。

幸福感はそのうちやってくるだろう。しかしいまは、疲労感のほうが勝っている。それに、フレッド、ルーピン、トンクスを失った痛みが、数歩進むごとに肉体的な傷のようにきりきりと刺し込んでくる。ハリーはいま、なによりもまず大きな肩の荷が下りたことを感じ、とにかく眠りたかった。

しかし、その前に、ロンとハーマイオニーに説明しなければならない。これだけ長い間、ハリーと行動をともにしてきた二人には、真実を知る権利がある。一つひとつ事細かに、ハリーは「憂いの篩」で見たことを物語り、「禁じられた森」での出来事を話した。二人が受けた衝撃と驚きをまだ口に出す間もないうちに、三人はすでに暗黙のうちに目的地と定めていた場所に着いていた。

校長室の入口を警護するガーゴイル像は、ハリーが最後に見たあと、打たれて横にずれていた。横に傾いて、少しふらふらする様子で、もう合言葉もわからないのではないかとハリーは思う。

「上に行ってもいいですか?」

ハリーはガーゴイルに聞く。

「ご自由に」

ガーゴイル像がうめく。

三人はガーゴイルを乗り越えて、石の螺旋(らせん)階段に乗り、エスカレーターのようにゆっくりと上に運ばれていった。階段の一番上で、ハリーは扉を押し開ける。

石の「憂(うれ)いの篩(ふるい)」が、机の上のハリーが置いた場所にあった。それを一目見たと同時に、耳をつんざく騒音が聞こえ、ハリーは思わずさけび声を上げる。呪いをかけられたか、死喰い人がもどってきてヴォルデモートが復活したか——。

しかしそれは、拍手だった。まわり中の壁で、ホグワーツの歴代校長たちが総立ちになって、ハリーに拍手している。帽子を振り、ある者は鬘(かずら)を打ち振りながら、校長たちは額から手を伸ばし、互いの手を強くにぎりしめている。描かれた椅子の上で、飛び跳ねて踊っている。ディリス・ダーウェントは人目もはばからず泣き、デクスター・フォーテスキューは旧式のラッパ型補聴器を振り、フィニアス・ナイジェラスは、持ち前のかん高い不快な声でさけんでいる。

「それに、スリザリン寮が果たした役割を、特筆しようではないか！　我らが貢献を忘るるなかれ！」

しかしハリーの目は、校長の椅子のすぐ後ろに掛かっている一番大きな肖像画の中に立つ、ただ一人に注がれている。半月形のメガネの奥から、長い銀色の顎ひげに涙が滴っている。その人からあふれ出てくる誇りと感謝の念は、不死鳥の歌声と同じ癒しの力でハリーを満たす。

やがてハリーは両手を挙げた。すると肖像画たちは、敬意を込めて静かになり、ほほえみかけたり目を拭ったりしながら、耳を澄ましてハリーの言葉を待つ。しかしハリーは、ダンブルドアだけと向き合い、細心の注意を払って言葉を選ぶ。疲れ果て、目もかすんではいたが、最後の忠告を求めるために、ハリーは残る力を振りしぼった。

「スニッチに隠されていた物は――」ハリーは語りかけた。

「森で落としてしまいました。その場所ははっきりとは覚えていません。でも、もう探しにいくつもりもありません。それでいいでしょうか？」

「ハリーよ、それでよいとも」

ダンブルドアが笑顔で応じてくれた。ほかの肖像画は、わけがわからず、なんのことやらと興味を引かれた顔をしている。

「賢明で勇気ある決断じゃ。きみなら当然そうするじゃろうと思っておった。だれかほかに、落ちた場所を知っておるか？」

「だれも知りません」

ハリーが答えると、ダンブルドアは満足げにうなずく。

「でも、イグノタスの贈り物は持っているつもりです」

ハリーが言うと、ダンブルドアはにっこりする。

「もちろんハリー、きみが子孫に譲るまで、それは永久にきみのものじゃ！」

「それから、これがあります」

ハリーがニワトコの杖（つえ）を掲げると、ロンとハーマイオニーが恭（うやうや）しく杖を見上げる。ぼんやりした寝不足の頭でも、ハリーは二人のそんな表情は見たくない。

「僕は、欲しくありません」ハリーが言い放つ。

「なんだって？」ロンが大声を上げる。「気は確かか？」

「強力な杖だということは知っています」ハリーはうんざりしたように言う。

「でも、僕は、自分の杖のほうが気に入っていた。だから……」

ハリーは首にかけた巾着（きんちゃく）を探って、二つに折れて、ごく細い不死鳥の尾羽根だけで辛うじてつながっている柊の杖を取り出す。ハーマイオニーは、これだけひどく壊れた杖は、もうなおらないと言った。ハリーは、もしこれでだめなら、もはや望みはないということだけがわかっている。

ハリーは折れた杖を校長の机に置き、ニワトコの杖の先端で触れながら唱えた。

「レパロ！　なおれ！」

ハリーの杖がふたたびくっつき、先端から赤い火花が飛び散る。ハリーは成功したことを知る。ハリーが柊と不死鳥の杖を取り上げると、突然、指が温かくなるのを感じた。まるで杖と手が、再会を喜び合っているかのようだ。

「僕はニワトコの杖を――」

心からの愛情と称賛のまなざしで、じっとハリーを見ているダンブルドアに話しかける。

「元の場所にもどします。杖はそこにとどまればいい。僕がイグノタスと同じように自然に死を迎えれば、杖の力は破られるのでしょう？　最後の持ち主は敗北しないままで終わる。それで杖はおしまいになる」

ダンブルドアはうなずく。二人は互いにほほえみ合う。

「本気か？」ロンが聞く。

ニワトコの杖を見るロンの声に、かすかに物欲しそうな響きがあった。

「ハリーが正しいと思うわ」

ハーマイオニーが静かに言う。

「この杖(つえ)は、役に立つどころか、やっかいなことばかり引き起こしてきた」

ハリーが言う。

「それに、正直言って——」

ハリーは肖像画たちから顔を逸(そ)らし、グリフィンドール塔で待っている、四本柱のベッドのことだけを思い浮かべ、クリーチャーがそこにサンドイッチを持ってきてくれないかな、と考えながら言う。

「僕はもう、一生分のやっかいを十分味わったよ」

終章　十九年後

その年の秋は、突然やってきた。九月一日の朝はリンゴのようにさくっとして黄金色をしていた。小さな家族の集団が、車の騒音の中を、煤けた大きな駅に向かって急いでいる。車の排気ガスと行き交う人々の息が、冷たい空気の中で蜘蛛の巣のように輝いている。父親と母親が、荷物で一杯のカートを一台ずつ押し、それぞれの上で大きな鳥籠をカタカタ揺らしていた。籠の中のふくろうが、怒ったようにホーホーと鳴いている。泣きべそをかく赤毛の女の子が、父親の腕にすがり、二人の兄のあとに従ってぐずぐずと歩いている。

「もうすぐだよ、リリーも行くんだからね」ハリーが、女の子に向かって言う。

「二年先だわ」リリーが鼻を鳴らしながら抗議する。「いますぐ行きたい！」

人込みを縫って九番線と十番線の間の柵に向かう家族とふくろうを、通勤者たちが物珍しげにじろじろ見ていた。先を歩くアルバスの声が、周囲の騒音を超えてハリーの耳に届く。息子たちは、車の中で始めた口論を蒸し返していた。

「僕、絶対ちがう！　絶対スリザリンじゃない！」

「ジェームズ、いいかげんにやめなさい！」ジニーが叱る。

「僕、ただ、こいつがそうなるかもしれないって言っただけさ」

ジェームズが弟に向かってにやりと笑った。

「べつに悪いことなんかないさ。こいつはもしかしたらスリザ――」

しかし、母親の目を見たジェームズは、口をつぐむ。ポッター家の五人が、柵に近づいた。ちょっと生意気な目つきで弟を振り返りながら、ジェームズは母親の手からカートを受け取って走り出す。次の瞬間、ジェームズの姿は消えていた。

「手紙をくれるよね？」

アルバスは、兄のいなくなった一瞬を逃さず、すばやく両親に甘える。

「そうして欲しければ、毎日でも」ジニーが答える。

「毎日じゃないよ」アルバスが急いで言う。「ジェームズが、家からの手紙はだいたいみんな、一か月に一度しかこないって言ってた」

「お母さんたちは去年、週に三度もジェームズに手紙を書いたわ」ジニーが明かす。

「それから、お兄ちゃんがホグワーツについて言うことを、なにもかも信じるんじゃないよ」ハリーが口を挟む。「冗談が好きなんだから。お兄ちゃんは」

三人は並んでもう一台のカートを押し、次第に速度を上げる。柵に近づくとアルバスは怯んだが、衝突することはなかった。そして家族は揃って、九と四分の三番線に出る。

紅色の「ホグワーツ特急」がもくもくと吐き出す濃い白煙で、あたりがぼんやりしている。その霞の中を、だれだか見分けがつかない大勢の人影が動き回っていて、ジェームズはすでにその中に消えていた。

「みんなは、どこなの？」

プラットホームを先へと進み、ぼやけた人影のそばを通り過ぎるたびに覗き込みながら、アルバスが心配そうに聞く。

「ちゃんと見つけるから大丈夫よ」ジニーがなだめるように言う。

しかし、濃い蒸気の中で、人の顔を見分けるのは難しい。持ち主から切り離された声だけが、不自然に大きく響いている。ハリーは、箒に関する規則を声高に論じているパーシーの声を聞きつけたが、白煙のおかげで立ち止まって挨拶せずにすみ、よかったと思う。

「アル、きっとあの人たちだわ」突然ジニーが声を上げる。

霞の中から、最後部の車両の脇に立っている、四人の姿が見えてきた。ハリー、ジニー、リリー、アルバスは、すぐ近くまで行ってようやく、その四人の顔をはっきり見る。

「やあ」アルバスは心からほっとしたような声で言う。

もう真新しいホグワーツのローブに着替えたローズが、アルバスににっこり笑いかける。

「それじゃ、車は無事駐車させたんだな？」ロンがハリーに聞く。「僕はちゃんとやったよ。ハーマイオニーは、僕がマグルの運転試験に受かるとは思っていなかったんだ、だろ？　僕が試験官に『錯乱の呪文』をかけるはめになるんじゃないかって予想してたのさ」

「そんなことないわ」ハーマイオニーが言い返す。「私、あなたを完全に信用していたもの」

「実は、ほんとに『錯乱』させたんだ」

アルバスのトランクとふくろうを汽車に積み込むのを手伝いながら、ロンがハリーにささやく。

「僕、バックミラーを見るのを忘れただけなんだから。だって、考えても見ろよ、僕はその代わりに『超感覚呪文』が使えるんだぜ」

プラットホームにもどると、リリーとローズの弟のヒューゴが、晴れてホグワーツに行く日がきたら、どの寮に組分けされるかについてさかんに話し合っていた。

「グリフィンドールに入らなかったら、勘当するぞ」ロンが言う。「プレッシャーをかけるわけじゃないけどね」

「ロン！」ハーマイオニーがたしなめる。

リリーとヒューゴは笑ったが、アルバスとローズは真剣な顔だ。

「本気じゃないのよ」

ハーマイオニーとジニーが必死に取り成す一方、ロンはそんなことはとっくに忘れたようにハリーに目配せし、四、五十メートルほど離れたあたりをそっと顎で示す。一瞬蒸気が薄れて、移動する煙を背景に三人の影が、くっきりと浮かび上がる。

「あそこにいるやつを見てみろよ」

妻と息子を伴ったドラコ・マルフォイが、ボタンを喉元まできっちり留めた黒いコートを着て立っていた。額がやや禿げ上がり、その分尖った顎が目立っている。その息子は、アルバスがハリーに似ているのと同じくらい、ドラコに似ていた。

ドラコはハリー、ロン、ハーマイオニー、そしてジニーが自分を見つめていることに気づき、素気なく頭を下げ、すぐに顔を背ける。

「あれがスコーピウスって息子だな」ロンが声を低めて言う。「ロージィ、試験は全科目あいつに勝てよ。ありがたいことに、おまえは母さんの頭を受け継いでる」

「ロン、そんなこと言って」ハーマイオニーは半分厳しく、半分おもしろそうに返す。「学校に行く前から、反目させちゃだめじゃないの！」

「君の言うとおりだ、ごめん」

そう言いながらもロンは、がまんできずにもう一言つけ加える。

「だけど、ロージィ、あいつとあんまり親しくなるなよ。おまえが純血なんかと結婚したら、ウィーズリーおじいちゃんが、絶対許さないぞ」

「ねぇ、ねぇ！」

ジェームズがふたたび顔を出す。トランクもふくろうもカートも、もうどこかにやっかい払いしてきたらしく、ニュースを伝えたくてむずむずしている。

「テディがあっちのほうにいるよ」

ジェームズは振り返って、もくもく上がる蒸気の向こうを指す。

「いま、そこでテディを見たんだ！　それで、なにしてたと思う？　ビクトワールにキスしてた！」

たいして反応がないので、ジェームズは明らかにがっかりした顔で、おとなたちを見上げる。

「あのテディだよ！　テディ・ルーピン！　あのビクトワールにキスしてたんだよ！　僕たちのいとこの！　だから僕、テディになにしてるのって聞いたんだ――」

「――二人の邪魔をしたの？」ジニーがあきれる。「あなたって、本当にロンにそっくり——」

「——そしたらテディは、ビクトワールを見送りにきたって言った！　そして僕、あっちに行けって言われた。テディはビクトワールにキスしてたんだよ！」

ジェームズは、自分の言ったことが通じなかったのではないかと、気にしているように繰り返す。

「ああ、あの二人が結婚したら素敵なのに」リリーがうっとりとささやく。「そしたらテディは、本当に私たちの家族になるわ！」

「テディは、いまだって週に四回ぐらい、僕たちのところに夕食を食べにくる」ハリーが言う。「いっそ、僕たちと一緒に住むように勧めたらどうかな？」

「いいぞ！」ジェームズが熱狂的な声を上げる。「僕、アルと一緒の部屋でかまわないよ——テディが僕の部屋を使えばいい！」

「だめだ」ハリーがきっぱり否定する。「おまえとアルが一緒の部屋になるのは、家を壊してしまいたいときだけだ」

ハリーは、かつてフェービアン・プルウェットのものだった、使い込まれた腕時計を見る。

「まもなく十一時だ。汽車に乗ったほうがいい」

「ネビルに、私たちからよろしくって伝えるのを忘れないでね！」

　ジェームズを抱きしめながら、ジニーが告げる。

「ママ！　先生に『よろしく』なんて言えないよ！」

「だって、あなたはネビルと友達じゃないの――」

　ジェームズは、やれやれという顔をする。

「学校の外ならね。だけど学校ではロングボトム教授なんだよ。『薬草学』の教室に入っていって、先生に『よろしく』なんて言えないよ……」ジェームズは気持ちのはけ口に常識のない母親は困るとばかりに頭を振りながら、アルバス目がけて蹴りを入れた。

「それじゃ、アル、あとでな。セストラルに気をつけろ」

「セストラルって、見えないんだろ？　見えないって言ったじゃないか！」

　しかし、ジェームズは笑っただけで、母親にしぶしぶキスさせ、父親をそそくさと抱きしめて、急に混みはじめた汽車に飛び乗った。家族に手を振る姿が見えたのも束の間、ジェームズはたちまち友達を探しに汽車の通路を駆け出している。

「セストラルを心配することはないよ」ハリーがアルバスに言う。「おとなしい生き物だ。なにも怖がることはない。いずれにしても、おまえは馬車で学校に行くのではなくて、ボートに乗っていくんだ」

　ジニーが、アルバスにお別れのキスをする。

「クリスマスには会えるわ」

「それじゃね、アル」

ハリーは、息子を抱きしめながら言い聞かせる。

「金曜日に、ハグリッドから夕食に招待されているのを忘れるんじゃないよ。ピーブズにはかかわり合いにならないこと。やり方を習うまではだれとも決闘してはいけないよ。それから、ジェームズにからかわれないように」

「僕、スリザリンだったらどうしよう？」

父親だけにささやいた声だった。アルバスにとって、それがどんなに重大なことで、どんなに真剣にそれを恐れているかを、出発間際だからこそこらえ切れずに打ち明けたのだとハリーにはよくわかる。

ハリーは、アルバスの顔を少し見上げるような位置にしゃがむ。三人の子供の中で、アルバスだけがリリーの目を受け継いでいた。

「アルバス・セブルス」

ハリーは、ジニー以外はだれにも聞こえないようにそっと諭す。ジニーには、もう汽車に乗っているローズに手を振るのに忙しいふりをするだけの気配りがある。

「おまえは、ホグワーツの二人の校長の名前をもらっている。その一人はスリザリンで、父さんが知っている人の中でも、おそらく一番勇気のある人だった」

「だけど、もしも——」

「——そうなったら、スリザリンは、すばらしい生徒を一人獲得したということだ。そうだろう？　アル、父さんも母さんも、どっちでもかまわないんだよ。だけど、もしおまえにとって大事なことなら、おまえはスリザリンでなく、グリフィンドールを選べる。組分け帽子は、おまえがどっちを選ぶかを考慮してくれる」

「ほんと？」

「父さんには、そうしてくれた」

ハリーはこのことを、どの子供にも打ち明けたことはない。そのとたん、アルバスが感じ入ったように目をみはるのを、ハリーは見た。しかしそのとき、紅色の列車のドアがあちこちで閉まりはじめ、最後のキスや忠告をするために子供に近づく親たちの姿が、蒸気で霞んだ輪郭になって見えた。アルバスは列車に飛び乗り、その後ろからジニーがドアを閉める。一番近くの車窓のあちこちから、生徒たちが身を乗り出している。汽車の中からも外からも、ずいぶん多くの顔がハリーを振り向く。

「どうしてみんな、じろじろ見ているの？」

ローズと一緒に首を突き出しているアルバスが、ほかの生徒を見ながら聞く。

「君が気にすることはない」ロンが言う。「僕のせいなんだよ。僕はとても有名なんだ」

アルバスも、ローズ、ヒューゴ、リリーも笑った。

汽車が動き出し、ハリーは、すでに興奮で輝いている息子の細い顔をじっと見ながら、汽車と一緒に歩いた。息子が次第に離れていくのを見送るのは、なんだか生き別れになるような気持ちがするが、ハリーはほほえみながら手を振り続けた……。

蒸気の最後の名残が、秋の空に消えていく。列車が角を曲がっても、ハリーはまだ手を挙げて別れを告げていた。

「あの子は大丈夫よ」ジニーがつぶやくように言う。

ハリーはジニーを見る。そして手を下ろしながら、無意識に額の稲妻形の傷痕に触れていた。

「大丈夫だとも」

この十九年間、傷痕は一度も痛まない。すべてが平和だった。

「ハリー・ポッター」がどうして世界中でこんなにも愛されているのか？

那須田淳

十一歳の誕生日を迎える直前にハリーのもとに届けられた一通の不思議な手紙。それは他ならぬ「ホグワーツ魔法魔術学校」からの入学許可証だった。

そこからハリーの出自の秘密が解き明かされ、両親を殺した闇の魔法使いヴォルデモート卿との闘いの日々が始まる。このシリーズの特色は、ホグワーツ魔法魔術学校をベース舞台にしつつ、一巻ごとに一年ずつ歳を重ねながら、ハリーがどのようにしてヴォルデモート卿を追い詰めていくのかにある。

子どもだったハリーは、この第七巻ではついに十七歳となり、魔法使いとしての成人を迎える。ちなみにハリー・ポッターの母国イギリスの法的な成人は十八歳だ。これはドイツやフランスと同じで、最近、日本もこれに加わった。これが世界の成人のスタンダードなのだろう。しかしハリーたち魔法使いはそれより一年早い。

このことは未成年の魔法使いは、学校以外で魔法を使うことを禁じられているという物語上の重要なルールにもなっている。もしも未成年の魔法使いや魔女が学外で魔法を使えば「におい」により見つけられてしまう。この「におい」は原文では『trace』であり、つまり「痕跡・足跡」のことだが、そのためこの七巻でも、十七歳になる直前まで、ハリーは死喰い人（デス・イーター）に狙われ、逃げなければならなくなる。

でも、なぜ法的な成人の十八歳ではなく十七歳なのだろうか。これは、イギリスの義務教育が十六歳まで、ということと関連しているのではないだろうか。じつはこの教育制度は、２０１５年に改訂され、イギリスつまりグレートブリテン及び北アイルランド連合王国のうち、イングランドの義務教育は十八歳まで延長された。ただ、この七巻が執筆・刊行された時点では、イングランドでも十六歳だったことは重要である。

イギリスでは義務教育を終了後に、就職するか、職業資格取得をするか、大学などの高等教育機関に進学するか選択しなければならない。このことは事務系でいわば管理する側の職業につくホワイトカラーと、労働者となるブルーカラーという社会的な立場の違いと密接に結びつき、その後の人生に大きく関わる。同時に、これはホワイトカラー、ブルーカラーという見えない階級社会ともリンクする。「ハリー・ポッター」の中でも、マグル（非魔法族）との混血か、純血かで強い差別が見られるけれど、人種間に根本的な優劣の差があるという「レイシズム」の思想の根っこと通じるものがある。マグル生まれのハーマイオニー・グレンジャーや、純血でありながら差別と無縁なウィーズリー家の息子ロンがハリーとともに戦っていたもう一つの「敵」はこれではなかったか。

これは作者J・K・ローリングの作家になるまでの半生ともどこか重なる。彼女は大学を出ているのでホワイトカラーに属するが、母の病気などもあって苦労を重ねた。一日、一日を過ごすのが精一杯の日々だったかもしれない。でも、この経験が、生活が困窮する中、薄いノートに紡ぎだした彼女の世界にリアリティを生んでいるのだ。現実は甘くない。

ファンタジーの元祖といえばイギリスのJ・R・Rトールキンと C・S・ルイスである。これには異論はないはずだが、彼らの背景にあるのは、オックスフォード大学出身としてのキャリアとキリスト教的な善悪だろう。

その価値観とは違ういわば異端の作家として、『モモ』で時間泥棒との対決をテーマに描いたドイツ人作家のミヒャエル・エンデをあげたいが、ローリングはこれらファンタジーの先駆者たちとはさらに別の金字塔を打ち立てた。それは、「貧困」「差別」「格差」という二十一世紀の僕たちが直面している問題と真正面から対峙して、一つの答えを導きだそうとしたことだ。

宗教や文化背景は違っていても、地球が抱えてしまった問題は共通する。このシリーズが世界中で愛された秘密はそこにあるはずだ。

この七巻のラストで、「死の秘宝」の一つ強大な力を持つニワトコの杖をハリーはどうしたのか、それがローリングの答えだと僕は思う。それが正しいかどうかはわからない。けれども世界が共感したのは確かな事実だろう。


（作家）